SU MAJESTAD EL HAMBRE

Cuentos Brutales

Ernesto Herrera

The Clapton Press

Primera edición "Su Majestad el Hambre: Cuentos Brutales" editada por El Deber Cívico, Montevideo, 1910

Esta edición por The Clapton Press Limited incluye también: *Sugestión*, publicada en "La Semana". Periódico. Año II, Nº 44. Montevideo, 21 de mayo de 1910 p.145

Ilustrada por Ivana Nohel — ivananohel.com

ISBN: 978-1-913693-22-0

Índice

Prólogo

Señora mía, Emperatriz del mundo, todopoderosa señora de las cumbres y de las cavernas, por vos es este libro. Por que vos me lo inspirasteis, por que vos me lo hicisteis sentir, por que todo en él es vuestro.

Vos habéis sido, señora, la compañera inseparable de toda mi angustiosa, de toda me intensa, de toda mi hermosa vida.

Cuando os acostabais a mi lado, en aquellas noches inolvidables tan largas y tan frías; cuando en el frenesí de los espasmos clavabais en mis entrañas vuestras afiladas uñas felinas; cuando me hablabais de todos vuestros amantes y me hacíais sentir todas vuestras voluptuosidades; cuando mirábamos el mundo al través de vuestros ojos sangrientos como dos cristales rojos; cuando vagábamos juntos por vuestros dominios; cuando recorríamos volando vuestras buhardillas del Quartier Latino y de Montmartre y descendíamos arrastrándonos por el lodo a través de todas vuestras tabernas, y todos vuestros prostíbulos y todas vuestras cárceles; entonces empecé a comprenderos, entonces aprendí a amaros, señora.

Y fué vuestro amor, vuestro cruel, vuestro fecundo amor, quien me enseñó a crispar los puños y fue de él que aprendí a sonreir con indulgencia.

Vuestro es pues este libro. Este libro bueno y malo, sencillo y complicado, amoroso y perverso. Por que vos me lo inspirasteis, por que todo en él es vuestro.

Prefacio

Decía Rodó recientemente, "En nuestro tiempo, aun aquellos que no somos socialistas, ni anarquistas, ni nada de eso, en la esfera de la acción ni en la de la doctrina, llevamos dentro del alma un fondo, más o menos consciente, de protesta, de descontento, de 'inadaptación', contra tanta injusticia brutal, contra tanta hipócrita mentira, contra tanta vulgaridad entronizada y odiosa, como tiene entretejidas en su urdimbre este orden social trasmitido al siglo que comienza por el siglo del advenimiento burgués y de la democracia utilitaria."

Este sentimiento de inadaptación es inseparable de la vida. Aquel axioma, integrado al viejo concepto evolutivo, de que "la vida se adapta al medio" está despareciendo de las ciencias biológicas. Quizá signifique algo para los organismos inferiores, condenados al automatismo invariable y después a la lenta extinción final, más para el organismo superior (mamífero, ave), en plena elasticidad matriz, la fórmula exacta es que la vida, lejos de adaptarse, se revela contra el medio físico, y le obliga a que se adapte a ella. Baste citar el ejemplo clasico de la temperatura de la sangre en los vertebrados modernos, mucho más elevada que la temperatura media del agua y de la atmósfera. El hombre ha conseguido además calentar el aire que le rodea, y hacer habitables los climas menos propicios. He aquí espisodios de rebeldía y de inadaptación. Adaptarse al presente es renunciar al futuro. Y si pensamos en el medio social, comprendemos que el mecanismo del progreso ha sido análogo, y que es la capacidad extraordinaria que tuvieron ciertos espíritus de inadaptarse a su ambiente y de mantenerse contra él, oponiendo a la realidad exterior una realidad interior y profética, lo que ha hecho marchar el mundo. Todas la utopías: supresión de la esclavitud, de la gleba, de la autoridad eclesiástica, de los privilegios monárquicos y aristocráticos, han ido tomando cuerpo sucesivamente, después de haber tomado alma en los grandes precursores, y no hay cerebro cultivado que no se dé cuenta hoy de que la única utopía verdadera es la utopía conservadora.

Ernesto Herrera es un inadaptado típico. Lo rápido y copioso de las comunicaciones y de la publicidad, y las costumbres democráticas, nos ponen en contacto diario con todas las infamias y todos los horrores del planeta. Por otra parte, a medida que el nivel moral asciende, y la sociedad se depura, el ansia de justicia se vuelve más intransigente, más exasperada, más dolorosa. A medida que nos hacemos más perfectos, se hace más lúcida y más cruel la visión de la inmensidad que nos falta. Agréguese a estos factores generales, en Ernesto Herrera, el hecho capital de haber vivido la miseria, de haber conocido las persecuciones, el abandono, la congoja, y nos explicaremos que de la pluma ingenua todavía de este amargo adolescente broten frases que sangran.

Herrera pertenece a la noble categoría de los inquietos. ¡Santa inquietus, madre de las cosas! Vosotros los satisfechos, sabed que vuestra felicidad no es sino la sensación de la que lleváis de difunto dentro de vosotros. Satisfechos—muertos empujados de aquí para allá por los vivos,—sabed que solo la inquietud trabaja. ¡Quiera el destino conceder a Ernesto Herrera las energías necesarias para trabajar largamente y para sostener los trofeos sombríos de la angustia!

Rafael Barrett, San Bernadino (Paraguay), Agosto 1910.

Vidas paralelas

Filosofando al parecer, con la cabeza gacha y el rabo entre las patas; exhibiendo con tristeza su esqueleto mal cubierto por los andrajos miserables de su piel sarnosa; gimiendo malhumorado, paseando su hambre entre los tarros de basura, escarbando, olfateando, escudriñando en vano, le hallaba noche a noche en mitad del oscuro callejón. Era el verdadero tipo de perro paria, del miserable can, apedreado por los chicos, apaleado por los grandes, doquiera escarnecido. Sin collar, sin casilla, sin patente, sin un mendigo a quien acompañar, sin una dueña solterona que endulzara con sus mimos su perruna vida . . .

Maldita desigualdad. Yo le veía vagar hambriento, yo le veía cruzar gruñendo por entre los mimados pichichos de la clase privilegiada, yo le veía mirarles con desprecio, como escupiendo a sus hocicos el epiteto vil de esclavos miserables.

Era mi amigo.—¿Y por qué no decirlo?—Era mi amigo.

Cuando a media noche sentía mis pasos; cuando me veía desembocar por la calleja oscura, venía siempre a mi encuentro. Venía a mi encuentro dignamente, como un igual, sin serviles movimientos de cola, sin saltos, sin gruñidos y juntos salvábamos el tenebroso callejón.

Nos comprendíamos. Él era el único perro que al verme andrajoso y sucio no ladraba agresivo a mi presencia; yo era el único hombre que al mirarle no volvía la cabeza con asco o levantaba el bastón amenazante.

Los dos llevábamos en nuestras almas, contra nuestras razas, los mismos desprecios, los mismos odios; eran a no dudarlo, comunes nuestras historias; de ahí que el perro, de verme sucio y andrajoso me tomara simpatía; de ahí que yo admirara en el esqueleto miserable de aquel can sarnoso, al único grande, al único digno, al único rebelde de una raza de esclavos.

* * * * *

El desenlace se adivina. Todas sus miserias, todos sus odios y todos sus desprecios, estallaron un día; el can rabió. Corrió furioso por las calles, repartiendo por doquiera los mordiscos que llevaban su venganza en el bacilus de su mal, y una bala concluyó con su vida, cuando saboreaba su triunfo, después de haber hecho temblar a sus verdugos.

Mi historia, la conocéis. Todos mis odios y todos mis desprecios estallaron también. Cuando explotó la bomba, yo, como el perro, me sentí vengado al ver caídos en torno mío, sangrientos y despedazados, a un centenar de mis verdugos. Como el perro me siento digno, como el perro he visto realizada mi venganza. ¿Qué mucho pues, que mañana, concluya mi vida como la del perro?

* * * * *

Así habló el miserable; así habló el abominable terrorista, condenado por los hombres a expiar su crimen en el patíbulo; así habló, con la elocuencia sencilla del veraz, con el acento firme del convencido.

Yo lo ví marchar sereno hacia la muerte y contemplé luego su cadáver pendiente de la cuerda, oscilando en el espacio. Entonces recordé al perro. Pensé en lo justo de sus venganzas, pensé en lo común de sus historias y casi tuve envidia de los dos. Me sentí solidario con aquellos rebeldes, con aquellos hidrófobos y volví la cabeza para mirar a mi amigo por última vez.

Su cuerpo sin vida se balanceaba aún, como el inmenso péndulo de un reloj gigante, que al fin, anda que anda, marcará la hora.

El pastel

—¿Una anécdota de mis años de bohemia?—nos preguntó sonriendo el ilustre poeta X.—¡Felices tiempos! ¿Quién es capaz de evocarlos sin sentir en el alma el desborde de todos aquellos recuerdos, dolorosos o risueños, de horas que muy a nuestro pesar no han de volver?—Y apoyó la cabeza entre las manos y continuó sonriendo dolorosamente. Luego prosiguió:

—Yo era entonces casi un niño; había abandonado mi hogar en procura de nuevos horizontes; me había lanzado a la Capital sin más caudales que un lío de cuartillas emborronadas en el bolsillo, amores en el alma y plétora de quiméricas ilusiones en el cerebro. El capital de todos los ricos que se mueren de hambre. Y nada más.

¿Era ya entonces un poeta, un verdadero poeta? Yo sigo creyendo que sí, que lo era más que ahora; y sin embargo mis primeros meses de estada en la Capital, fueron una serie interminable de infinitos ayunos; de fríos, de desilusiones . . . de desilusiones sobre todo!

Yo, en mi ingenuidad de niño, había pensado deslumbrar desde mis primeros versos. Soñaba con editores que se disputaban mis libros; con públicos entusiastas que me aclamaban ciñéndome laureles . . . en una palabra, con la gloria.

Aquel día era ya el tercero de un ayuno sin tregua.

Había abandonado mi buhardilla enloquecido por el hambre y el frío y me había lanzado a la calle como un loco, llevando bajo del brazo los manuscritos que debían formar mi primer libro. Iba en busca de un mendrugo? Iba en busca de un editor? Ni yo mismo lo sabía.

Vagué al azar horas enteras, tropezando a cada instante con los transeúntes que atestaban las calles. Eran como las siete de la noche, de una noche de invierno, lluviosa, glacial, sin luna, sin estrellas. Por todas partes, gentes apresuradas; obreros, modistas. Era el trabajo, el monstruo que acababa de vomitar su almuerzo!

Todos iban de prisa, tenían frío, tenían hambre, pero la de ellos no era un hambre redentora, no era un hambre trágica. Era un simple apetito nacido para morir de inmediato, junto a un plato de humeante sopa, sobre la nieve de un blanco mantel. La mía era más grande; viviría más. A mí no me esperaba en el hogar la familia impaciente; no fiaban en los restaurants. ¡Y yo tenía hambre! Entonces pensé en mi familia, pensé en mis padres, en el hogar de mi infancia, en las frugales cenas al calor de la lumbre. ¡Oh! Si yo pudiera ser como todos, sollocé; pero arrepentido de mi momentánea debilidad, me erguí de nuevo, procurando en vano ahuyentar mis tristezas. Por primera vez había sentido sobre mis hombros el peso de mi talento.

Sólo recuerdo de aquella noche las escenas más

culminantes; sólo sé que vagué horas y horas, por las húmedas avenidas, hasta que al fin me detuve deslumbrado frente a un escaparate. Era la vidriera de una *rotisserie*. En el centro de ella, adornado de lechugas y gelatina, un espléndido pastel de pavo, parecía provocarme. ¡Qué ironía! ¡El eruto mofándose del bostezo, al través de un espeso cristal! Uno y cincuenta, se leía en números negros, sobre un blanco cartelito colocado junto al pastel. ¡Uno cincuenta! ¿Era que existía, en metálico, tan fabulosa cantidad?

Me alejé sin volver la cabeza, huyendo de la tentación que me incitaba al robo con fractura. Caminé un centenar de pasos, lancé una exclamación y me detuve de nuevo. Sobre la puerta de una tienda de libros acababa de leer: "Casa editora".

Entré, pregunté por el dueño y luego de un momento de interminable espera, fui introducido a un pequeño saloncito que servía de escritorio. Allí estaba el Mesías, allí estaba el Dios; conversando con un burgués mofletudo, con aspecto de almacenero retirado.

No recuerdo mi discurso. Sé que hilvané una serie de palabras incoherentes; que hablé de edición, de éxito . . . de gloria. ¿Qúe sé yo? La visión del maldito pastel me impedía ser conciso.

El editor me escuchaba mirándome con lástima; el burgués mofletudo, sonriendo con desprecio. Esta juventud inútil . . . ¡versos! Como si los versos dieran para comprar un miserable pastel.

Quieras que no, leí, acallando sus protestas, mis primeros versos. Al final de cada cuarteta, dirigía una mirada anhelante al editor. Y siempre movía el maldito la cabeza negativamente. Llegué por fin a aquel pasaje de las fuentes encantadas de mi primer poema. ¡Como era hermoso aquello! ¡Con qué entusiasmo lo leí! Pero nada.

—No son malos,—me interrumpió el miserable—pero es imposible.

Miré al burgués mofletudo como implorando ayuda. Lo noté grave, serio, pensativo, como meditando algún muy arduo negocio. Luego me interrogó:

—¿Cuánto pide usted por esos manuscritos, joven?

—Quince reales,—respondíle anhelante.

Y el burgués extendió la mano.

—Yo se los tomo.

—¿Qué se propone usted?—le preguntó a esta sazón el comerciante que no salía de su asombro.

—Nada; es que tiene ese pasaje de las fuentes . . .

—Lo más notable que se ha escrito, respondí con orgullo; pero el hombre meneó la cabeza y sonrió como despectivamente.

—No es eso precisamente, replicóme. Es que, cambián- dole a eso, los dos últimos versos, se presta admirable- mente para un reclamo de mis aguas minerales. Y me alargó protectoramente las dos monedas.

Yo no sé lo que pasó por mí; se me nubló la vista, sentía deseos de arrojarle las monedas a la cara, de saltarle al pescuezo y ahorcarlo; pero de pronto, el recuerdo del pastel me transformó. Cogí maquinalmente las monedas y sin decir siquiera buenas noches, salí corriendo con rumbo a la *rotisserie*.

Un infanticidio

—Una madre que mata a su hijo es siempre una fiera,—axiomatizó el joven abogadito Z—, con ese tono sentencioso que a veces usan los sabios y siempre caracteriza a los necios. Todos asientieron.

—Es más que una fiera,—agregó la marquesita de R—, una rubia deliciosa, casada desde hace tres años y que se jacta de emplear el mejor procedimiento conocido para evitar la maternidad, que desfigura el rostro y destruye la esbeltez de las formas.—Porque las fieras aman a sus crías, hasta sacrificarse por ellas.

—Me permiten ustedes?

Todos se volvieron hacia el rincón donde había partido aquella voz. Arrellanado en una poltrona, un anciano miraba a los circunstantes con sus ojos azules llenos de bondadosa ironía.

—Pues no, doctor? Hable usted.

—Alguna historia, señor Guerin?—preguntó la dueña de la casa mientras los demás contertulios formaban corro en rededor del anciano.

—Un simple caso, señora; un simple caso.

—Oh! En cuanto a ferocidad, hay cada una!—explicó el abogadito.

—Oh no, amigo mío, no se trata de un caso de inconsciencia. El hambre, el abandono el temor a la familia que siempre considera la maternidad ilegal como una deshonra, como un delito monstruoso, llenan las crónicas de los tribunales de casos vulgares de infanticidios verdaderamente feroces, como usted dice, pero mi historia no es esa. El mío es un infanticidio consciente, un filicidio completamente humanitario.

Hubo un susurro de desaprobación, pero el anciano continuó sin inmutarse:

—Hace de esto unos cuantos años. Yo era entonces bastante joven, llevaba muy poco tiempo de ejercicio y había conseguido la realización de uno de mis más dorados sueños. Acababa de ser nombrado juez en la Ciudad de R—.

Como les digo, yo era entonces muy joven y estaba lleno de optimismo hacia todo lo que se relacionara con mi profesión. Desde criatura, leyendo novelas, me había forjado un tipo de juez modelo; un verdadero Cimourdain togado, implacable aplicador de la ley, intransigentemente recto, terriblemente inflexible.

—Entonces no era usted por aquel tiempo tan escéptico como hoy . . .

—No, señora, no. Mi escepticismo vino más tarde. En aquel tiempo era un verdadero optimista; creía en la ley, creía en los hombres, creía en dios . . . en un dios juez como yo, y como yo eficazmente, humanitariamente justiciero. De ahí que tomara tan a pecho mi papel de juez. ¡Era entonces tan ingenuo!

—¡Pero señor Guerin! Entonces usted no cree . . .

—No creo en la ley, no señora; y empecé precisamente a no creer, desde que me aconteció lo que quería narrarles.

—Bien. Véamos esa historia.

—Perfectamente; escuchadme. Era yo juez, cuando un día me tocó actuar en un proceso, que dió por tierra con todos mis propósitos, con toda mi convicción de tantos años. Se trataba de una mujercita joven, casada hacía poco tiempo y acusada por su propio marido de haber dado muerte a un niño habido de su matrimonio.

En el proceso, ella no negó el delito. Efectivamente, había dado a luz a un niño, hacía próximamente dos meses, y lo había ahogado entre las ropas de su cama. Así, conscientemente, fríamente, aquella madre había dado muerte a su propio hijo.

—¡Vaya una nena!—zumbó el abogadito.

—Valiente fiera!—comentó la marquesa.—Y a eso le llama usted un infanticidio humanitario?

El narrador volvió a sonreir y prosiguió con su tono tranquilo y reposado:

—Como les digo, ella no negó el delito: pero lo explicó. Había sido casada "por conveniencias de familia" con un hombre enfermo, un verdadero caso de degeneración hereditaria. Su marido era un borracho atávico, un libertino, un sujeto gastado moral y fisiológicamente.

Ella, previendo los sucesos, obsesionada continuamente

con la idea de la responsabilidad moral, había tratado por todos los medios de evitar el embarazo; pero la naturaleza es casi siempre, en estos casos, terriblemente cruel y la pobre mujer sintió un día que un infeliz inocente, un futuro degenerado, un condenado antes de nacer, se agitaba en sus entrañas.

Entonces se formó el decidido propósito de impedir por todos los medios que aquello fuera. Apeló a todos los recursos, agotó todos los procedimientos y el hijo seguía gestándose, revolviéndose en sus entrañas, como una amenaza que fatalmente se había de cumplir.

Cuando dió a luz, estaba ya resuelta a todo. Un día cogió al niño, lo besó muchas veces, y luego lo ahogó. Así, fríamente; humanitariamente. No había disyuntiva posible. El hombre aplaudía, pero la ley castiga y el juez se vió obligado a someterse a la ley. Y yo mandé a la cárcel a aquella mujer. ¿Qué me dicen ustedes?

—Qué tontería—exclamó la marquesita;—es mujer era una idiota; mire usted que hacer las cosas así, habiendo tantos medios! En *El Inocente,* de D'Anunzio . . .

—No se trata de eso,—interrumpió gravemente el abogadito.—Vamos a la faz legal. ¿Tenía aquella mujer el derecho de matar a su hijo?

—Tampoco se trata de eso, señor mío—replicó el anciano;—vamos a la faz humana. ¿Tenía aquella madre el derecho de dejarlo vivir?

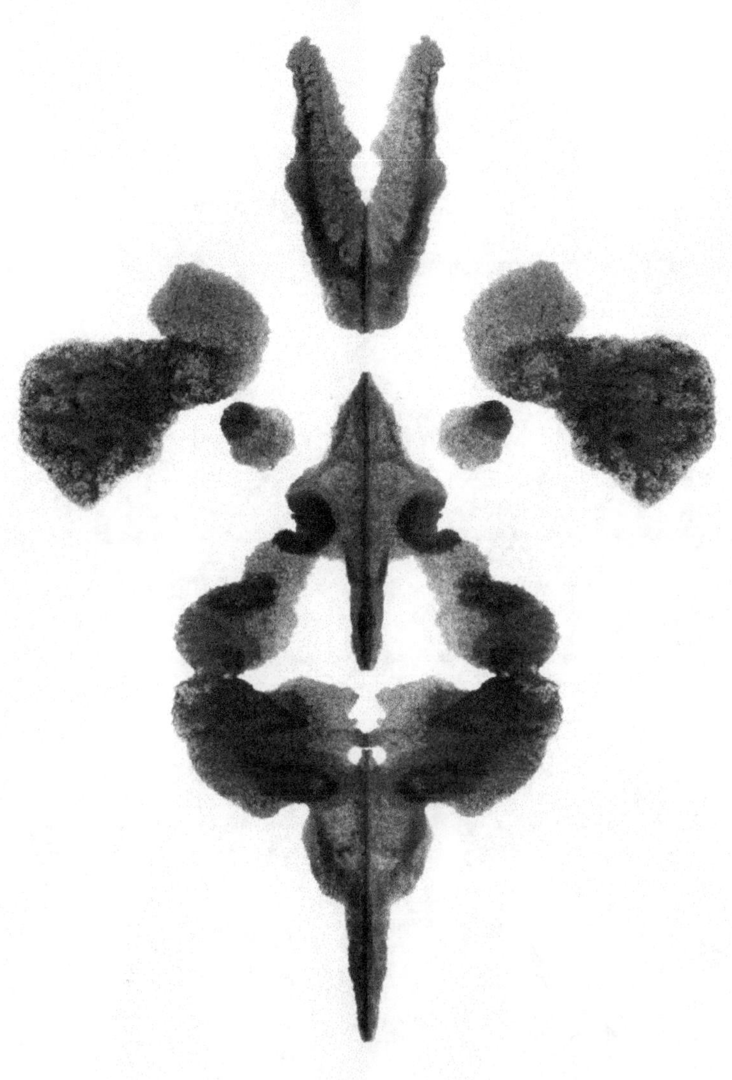

El condenado

—Padre nuestro que estás en los cielos . . .

—Reza, hijo mío, reza, que Dios es infinitamente bueno, infinitamente justo. Reza, hijo mío.

—Padre nuestro que estás en los cielos . . .

Y se oye el susurrar de las oraciones, que se elevan una tras otra, siempre epilogadas por el amén del buen cura, siempre procedidas de los sollozos del infeliz penitente. Después, todo queda en silencio. Allá en una estancia vecina, un reloj fatídico cuenta con grave entonación los segundos que pasan. Luego, otra vez los sollozos, otra vez el monótono susurro:

—Padre nuestro que estás en los cielos . . .

La capilla es muy triste. Un pequeño altarcito improvisado, sobre una mesa de pino cubierta por una carpeta negra con flecos de plata. Cuatro velones que bañan la estancia con su luz oscilante y sangrienta, llorando lágrimas de cera; un Cristo de faz amarillenta que reclina la cabeza sobre el pecho, mirando con sus ojos entornados, entre irónico y soñoliento. Al pie de la mesa dos hombres; el uno anciano, el otro adolescente; el sacerdote y el condenado; el confesor y el penitente. Nada más.

* * * * *

El infeliz agoniza repleto de vida. Tenía veintidós años, una gran alma, mucha salud y muchas esperanzas. Un amor muy hondo, una mujer muy bella, un hogar muy tranquilo y un retoño como un querubín. Hoy tan solo la vida le queda; mañana concluirán de despojarlo.

¿Cómo pasó todo aquello? ¿Cómo pudo ser lo que fué?

Dentro del cráneo del desdichado se retuercen los recuerdos. Sombras, sombras y nada más que sombras.

¿Qué había sido de toda su felicidad?

Y sus puños se crispaban y sus dientes se clavaban en los labios y saboreaba su sangre. ¡Sangre! Sangre de hombres, sangre de fieras. ¡Sentía una sed tan grande! . . .

¡Qué estúpido había sido! Por cuantos años había sido bueno! Hoy quizá hubiera podido defenderse; hoy no le quitarían de seguro todo lo que le quitaron.

Pero entonces era demasiado bueno y por bueno le despojaron.

Tenía un amigo, tenía una mujer, tenía un hijo y tenía un hogar y era feliz. Despues . . .

El amigo le robó la mujer; la mujer le robó el amigo; la muerte se llevó su hijo, y con los tres se fueron su hogar y su felicidad y su esperanza y todo lo bueno que en su vida había . . .

Le habían cambiado su alma y ahora se quejaban de que era demasiado perversa . . .

* * * * *

Ya amanece. Los gallos de desgañitan en sus primeros buenos días y los centinelas ladran sus últimos alertas. El reloj sentencia cinco campanadas. Después, un cerrojo que rechina y una puerta que se abre. Son los últimos ladrones y vienen por lo único que queda. El infeliz los mira avanzar y se coloca entre ellos silenciosamente, resignadamente. Piensa en su mujer, piensa en su hijo, piensa en su amigo, piensa en los hombres.

El cura se ha colocado junto a él y le dice al oído las últimas palabras de consuelo; le habla de la infinita misericordia de Dios . . .

Un cuento a Mimí

¿Quieres un cuento, Mimí? Un cuento simple, un cuento melancólico, un cuento que retrate nuestras almas y nos haga pensar? Pues bien, voy a contarte un cuento.

Eran una vez dos ojos negros; dos ojos que soñaban engarzados en el marfil divino de una carita de muñeca, y narraban sus sueños maravillosamente. Le habían oído al espejo, su confidente de todas las horas, que había vecino a ellos una naricita muy pequeña y una boquita muy roja y ellos estaban mujerilmente orgullosos de tan encantadora vecindad.

Cuando les ví por primera vez, cuando por primera vez me quemé en el fuego negro de aquellas dos pupilas, un encanto misterioso se apoderó de mí; la noche se hizo en mi alma y los sueños peregrinaron por mi espíritu como en una caravana prodigiosamente azul.

¿Qué dices, Mimí? ¿Que si era la dueña de aquellos ojos alguna encantadora princesa de leyenda? No. La dueña de aquellos ojos era algo mucho más grande, infinitamente más humano que eso; la dueña de aquellos ojos era una *cocotte* y se llamaba como tú. ¿Verdad que no te incomodas por ello? Se llamaba Mimí.

La conocí una noche, me amó una hora y nunca más la he vuelto a ver. Fue una noche deliciosa, en una noche tropical, preñada de luz y de fuego, como las dos inmensas noches de sus ojos. Vagaba yo como de costumbre, fija mi vista en las estrellas, en esas blancas cautivas del harem siderio, cuando al cruzar una callejuela tan solitaria y triste como mi alma, sentí que un brazo se enganchaba en mi brazo y oí una vocecita dulce que me decía muy de quedo, casi junto al oído: ¿Quieres que vaguemos juntos?

Aparté mi vista del cielo para fijarla en quien me hablaba y casi no lo noté. En lugar de las estrellas luminosamente plateadas de todos mis ensueños, vi surgir junto a mi rostro las dos estrellas negras de sus pupilas. La ceñí el talle con mi brazo, chasqueó un beso, y anduvimos largo rato así, como andamos los dos ahora, bajo la bendición de luz de la solitaria luna, que sintió entonces como ahora, el supremo placer de servirnos de sacerdote.

Me contó su historia; así, sin que yo se lo pidiera, sin preámbulos, como un alma que sintiera desde ha mucho la necesidad de vaciarse en otra alma, como la suya igual. Era una *cocotte*. Se entregaba gloriosamente por una hora, para evitar de venderse miserablemente por toda una vida. Había amado muchas veces, siempre inmensamente, pero nunca por más de una primavera.

Muchos hombres habían llegado hasta junto a ella, y habían descargado a sus pies toda la mirra de sus ternuras; a todos les había amado mucho y a todos habían tenido luego la absurda pretensión de que les amara por siempre.

—¡Imbéciles!—añadió con un mohín de delicioso

desprecio.—No comprendían que me hubiera muerto de tedio?

En fin, nos amamos mucho, Mimí; tanto, no te enojes, tanto como contigo nos amamos ahora. Y vivimos matusalenescamente todo un verano de felicidad. Luego, cuando empezaron los días grises, y cayeron amarillas y secas las primeras hojas, la perdí.

¿En brazos de la muerte? No. En brazos de otro amante que se cruzó entre los dos, ofreciéndole nuevas caricias y amores nuevos.

Un día, al regresar a mi buhardillo, hallé sobre la mesa de trabajo un pequeño billetito perfumado, en el que un *amor* con *h* y un *olvídame* con *b* se encargaron de explicarme la ausencia de Mimí.

Presente que se tornó pasado, felicidad que se volvió recuerdo, ilusión que jamás dejó de ser ilusión.

Es lo que me hizo amarla más y es lo que sublimizó nuestros amores.

¿Comprendes?

Mi vecino don Alejo

Si hace cuestión de días me hubieran venido con el cuento de que el mismo Satanás, en persona, había bajado a por el alma de mi vecino don Alejo; aunque no soy hombre que se jacte de valeroso ni descreído, sin vacilar me hubiera largado, escaleras abajo, firmemente resuelto a disputarle al "cornudo ángel", lo que yo consideraba de legítima pertenencia del "Señor".

¡Hombre más bueno que don Alejo—solía yo exclamar en mis entusiasmos,—que lo para la virgen si Dios lo quiere; que otro hombre como éste no nacerá de mujer!

Y era tanto mi entusiasmo, y era tanta mi admiración por la bondad de mi vecino que, apoyados los codos sobre la barandilla que daba a su jardín, me pasaba las mañanas enteras observándole en sus idas y venidas por entre las jaulas de sus pájaros y las casillas de sus perros únicos afectos al parecer, de mi excelente vecino.

¡Lo que quería a sus bichos el hombre aquel!

¡La inmensa cantidad de animales de toda clase, que llenaban su quinta! Aquello era ni más ni menos que un "Arca de Noé".

Perros, gatos, lobos, palomas, monos . . . en fin, toda una fauna, de la que mi vecino había hecho su familia y en la que invertía todo el enorme tesoro de afectos y ternuras en su corazón.

¡Qué paciencia la del hombre aquel! Había que verle, por las mañanas, en mangas de camisa, recorrerse una a una las pajareras, llevando, ora lechuga, plantillas y huevos duros, ora el aceite y la plumilla remediadores del "grano".

Había que verle, revistando celosamente las casillas de sus perros, las jaulas de sus monos, las de sus loros, dejando en todas una golosina, ofrecida con sin igual ternura a sus felices huéspedes que le saludaban haciendo piruetas, con visibles muestras de cariño y gratitud.

Decididamente, don Alejo era un santo.

Hombre de unos cincuenta años, rico, sin familia, sin amigos (detalles en los cuales me hizo entrar mi infantil admiración), vivía pura y exclusivamente, imponiéndose a sí mismo su apostolado de dedicación por la clase de las bestias. ¡Con que cariño las trataba a todas por igual!

¡Lo mismo que si fueran sus hijos!

"¡Qué alma!" me decía yo, apostado en mi observatorio, "¡Qué alma!" y me pasaba las horas y las horas esperando ansioso la oportunidad de entablar con él, un dialoguillo sobre cualquier cosa, para tener "patente" de amigo del más santo de los hombres.

Por eso, al ser informado ayer por mi sirviente, de que algo "muy gordo" ocurría en la quinta del santo de mi vecino, sin cuidarme de buscar los pantalones, como un rayo me lancé desde mi cama al "observatorio", deseoso de saber lo que ocurría al santo protector de animales, ídolo de mi adoracion.

El escándalo parecía mayúsculo; unos veinte curiosos habían invadido la quinta, muy a pesar de otros tantos guardias civiles, y formaban corro.

En el centro, don Alejo apretaba furiosamente la muñeca de un golfillo como de seis años que lloraba sin cesar, mientras inquiría un comisario el relato fiel de aquel sonado suceso.

"Se ha introducido en mi quinta,—rugía furibundescamente el bueno de don Alejo.—Y ha pasado la noche en la casilla de mi "Top". Con razón aulló hasta la madrugada, el infeliz animalito. ¡Casi se muere de frío!"

Y mientras con una mano pasaba don Alejo a poder del comisario la presa del intruso golfo, acariciaba cariñosamente con la otra, la piel lustrosa de un hermoso galgo que se resfregaba con mimo entre sus piernas.

"¡Infame! ¡Haberle hecho pasar una noche así!"

Racha Pesimista

Una costa que puede ser muy bien, la de Punta Carretas, (si fuera modernista, escribiría Biarritz).

Entre unas rocas, tirado boca abajo, mirando al mar, un hombre tararea una *chanzzonetta*. Tiene el aspecto de un vagabundo, un sombrero pringriento y despedazado y las ropas multicolores, polvorientas y en desorden.

Un nuevo personaje se presenta. Es joven, viste elegantemente y se denuncia por medio de un sombrero de alas muy anchas. (¡Non tremas terra! No la haré recitar). El joven se aleja hasta la orilla del mar, contemplando por algunos segundos el vaivén de las olas; luego se vuelve, y su vista tropieza con el cuerpo del vagabundo que ha dejado de cantar.

* * * * *

El joven (sorprendido)—Dijérase que es un muerto.

El atorrante (sin volverse)—Eres un buen fisonomista. Ni más ni menos que un muerto.

El joven—¿Y que haces, ahí?

El atorrante—Pienso. Es el supremo recurso de todos los que no podemos piensar.

El joven—¡Ah! Ya. Hablas como un filósofo. Eres un atorrante.

El atorrante—¡Cuando yo dije que eras un buen fisonomista!

El joven—Me interesas. ¿Quieres fumar? (Le ofrece la petaca).

El atorrante (incorporándose a medias).—¡Cómo! ¿Hay todavía de esas cosas por el mundo? Yo creí que ya no quedaban sino las colillas. (Coge un cigarrillo y lo enciende en la lumbre del de su interlocutor).

El joven—¿Cómo te llamas?

El atorrante (con sorpresa)—¿Eres policía?

El joven—No. ¿Por qué?

El atorrante (pensativo)—Es raro. Sólo a la policía se le ha ocurrido hacerme esa pregunta. ¡Cómo me llamo! Si hubiera conocido a mi padre se lo hubiera preguntado; pero, mi madre tampoco lo conoció . . .

El joven—¡Ah! ¿Tienes madre?

El atorrante—Sí . . . es decir, no. Ni yo tengo madre ni ella tiene hijo. Somos dos cosas.

El joven (queda un momento pensativo)—¿Gustas mucho del mar?

El atorrante—Tiene un inconveniente. Estas brisas marinas abren el apetito de un modo formidable.

El joven—Sí, pero esas ondas, esos rumores.

El atorrante—Me resultarían más hermosos si no me recordaran tanto a los hombres, a los pueblos.

El joven—¿A los hombres, a los pueblos?

El atorrante—Sí. ¿Aún no has reparado en ello? Mira:

anoche el cielo se encapotó de pronto, el mar empezó a agitarse, a rugir; parecía querer sublevarse contra las costas que lo oprimen, inundarlo todo. Y al fin y al cabo tenía razón. ¿Por qué teniendo agua suficiente no ha de llegar hasta donde se le dé la gana? Se oyó la voz del trueno, rugiendo como un orador popular. Se levantaron las olas como montañas, formidables, rabiosas, todas coronadas de espuma y se precipitaron sobre la costa como en una avalancha formidable, y chocaron.

El joven—¿Y luego?

El atorrante—Luego se deshicieron en espumas. El trueno interrumpió su discurso, y todo se quedó como estaba. Hoy, ahí le tienes, lamiendo mansamente las arenas. ¡Como los pueblos!

El joven—¿Sabes que tienes talento?

El atorrante—¡Qué noticia! Si fuera un bruto cualquiera, no estaría aquí muerto; sería un hábil político, sabría sumar, multiplicar, sustraer y dividir y sería administrador de cualquier cosa: honrado banquero, gerente de alguna empresa, mercachifle de la vergüenza, un grande hombre, un sabio . . .

El joven—¿Por qué no te levantas y luchas?

El atorrante—¡Luchar! ¿Contra quién? ¿Para qué? Tendría todos contra mí. Me calumnirían cuando no me adulara; les serviría de burla y concluirían por despreciarme.

El joven—Sí, pero . . .

El atorrante—Tienes razón. Cuando muriera podría contar con una estatua.

El joven—¿Por qué no te matas, pues?

El atorrante—Es inútil. Ya lo he hecho. Estoy muerto.

El joven—Si, pero no cadáver.

El atorrante—Lo mismo da: soy un muerto que tiene la ventaja de no podrirse. No quiero ser altruista ni con los gusanos. ¿Comprendes ahora por qué no me levanto?

El joven—Eres injusto. Los hombres . . .

El atorrante—¡Cochino! Quita de ahí con esa inmundicias.

El joven—No me convences. El hombre tiene obligación de luchar, de imponerse; la vida se lo exige y la vida misma se lo paga. ¿No ves ahí el cuadro de la naturaleza, toda hermosa, toda fecunda, toda plena de luz? No ves ahí esos campos inmensos, desiertos, estériles, como vírgenes sexuales que sólo esperan el connubio del esfuerzo con su vitalidad para reventar en vida? Todo es bello, todo es dulce, todo es grandioso: arriba el cielo, todo azul o todo endiamantado de estrellas; abajo el mar, las praderas feraces, la selva umbría y las montañas hieráticas y gallardas . . . ¡Tú no sabes lo bella que es la vida!

El atorrante—¿Acabas de comer bien, verdad?

El joven—¿En qué lo conoces?

El atorrante—En que tus palabras son erutos.

El joven—Tal vez; pero no del estómago, sino del alma. Es que soy feliz, ¿sabes?

El atorrante—Ya se ve. Pero no te envidio. Si yo hubiera sido feliz algún día, lo pasaría hoy muy mal, amigo mío. Además, no creo que nadie tenga motivo para ser feliz.

El joven—Es que tú no sabes . . .

El atorrante—Sí que sé. Mira: tú eres uno de los tantos: un iluso, ni más ni menos que un iluso. Te sospechastes feliz y revientas de contento. Tenías necesidad de hacerlo saber a alguien y como conoces a los hombres te has venido aquí a echar tus confidencias al mar. Pensabas contárselo todo a las olas, pero me has encontrado a mi, te he dicho que estaba muerto y te aprestas ahora a dispararme los perdigones de tus confidencias. Pero es excusado. Yo sé todo. ¿Qué es en suma lo que te regocija? ¿Quizás estabas enamorado?

El joven—Pero . . .

El atorrante—Sí, hombre, sí. La viste la semana pasada o ayer u hoy; en un baile, tal vez en un jardín, sí, de seguro en un jardín. Ella es bella como un ángel, más hermosa que la aurora, su piel es blanca como la nieve de las cumbres y su voz dulce y armoniosa como las notas de un órgano ideal . . .

El joven—Yo . . .

El atorrante—Sí, hombre, sí. Te acercaste a ella, vaciaste a sus pies tu corazón . . . te vió bien trajeado y te dijo que sí. ¿No es así?

El joven—Eres cruel, eres cruel. Y sin embargo, no tienes

razón. Es una mujer la que me dio esa felicidad de que gozo, al empezar a sonreirme sus favores; pero una mujer que no se cuida de nuestra indumentaria, ni aun de nuestro físico. ¡Exige nada más que talento! Tal vez que a ti mismo que tanto la has difamado, te sonreiría como a mí me sonríe. ¡Se llama Gloria!

El atorrante—Ja! Ja! Ja! Conozco a esa prostituta. ¡Pobre poeta! No esperes gozar de sus favores, está demasiado ocupada con los guerreros y los políticos, para que se le ocurra pensar en tí, que al final y al cabo no eres sino un pobre poeta.

El joven—Eres un escéptico peligroso. Pero no me envenarás; me marcho. (Se levanta).

El atorrante (lo mira fijamente y comienza a limpiar de pedregullo la arena, como haciendo un lecho)—¿Sí?

El joven—¿Qué haces?

El atorrante—Te estoy arreglando un colchoncito para cuando vuelvas a acostarte a mi lado.

El joven—Es inútil, no volveré. Adios. (Se aleja).

El atorrante (meneando la cabeza y sonriendo)—¡Hasta luego!

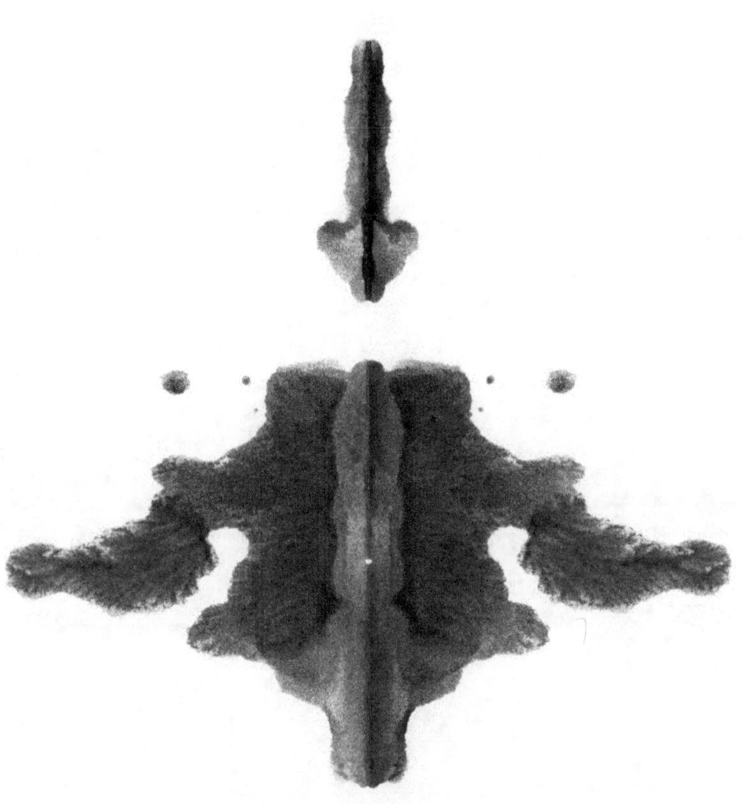

La primera carcajada

Cuando Gustavo nos anunció muy cari-serio la historia de sus románticos amores, echamos todos a reir.

—¿Románticos amores, tú? Vamos, hombre, te chanceas.

Pero la expresión del rostro de Gustavo tornábase cada vez más grave. Románticos amores, sí; estúpidos amores, cursis, vulgares, con nocturnas rondas y suspiros y llantos y hasta intentos de suicidio, como lo oyen.

—¡Imposible!—gruñó uno de nosotros.—Para estar enamorado y cantar tiernas endechas a los pies de una dama de cualquier calibre que sea, es necesario estar serio al menos por cinco minutos; y tú no eres capaz de eso.

Todos lo creíamos así. Gustavo era entre nosotros algo así como una fábrica de buen humor.

Cuando reunidos todos en el cuartujo miserable que nos servía de albergue, contábamos con los dedos los días de ayuno transcurridos desde la última cena parcial; cuando se sometían a la consideración general, problemas tan serios como una suspensión del crédito almaceneril o un desalojo por morosidad; había que exigirle, por aclamación, que abandonara el "recinto". Era imposible tratar nada en serio delante de aquel feliz mortal que hacía chanza de todo, hasta de sí mismo.

¡Y ahora salimos con que él también había estado una

vez enamorado, y había llorado y había tomado las cosas en serio como un cualquiera!

—Y lo peor, es que sigue al parecer en el tren de las melancolías,—arguyó alguien.

—No, no alarmarse. Es el tiempo necesario para contar la historia; aquella historia de La Reina Mora.

¡Ah! Ya. Muchas veces había empezado nuestro amigo por contarnos la historia aquella. "Era una joven morena de quince abriles . . ." Luego, las bromas venían una tras otra y los que esperábamos la historia teníamos que contentarnos con reir.

Ahora la teníamos de nuevo; aquello comenzaba a interesarnos. Aguardamos unos instantes y el caballero del eterno buen humor tomó por fin la palabra para decir:

—Era una niña morena como de quince años; traviesa, juguetona, espiritual . . . Sí, también espiritual. La conocí incidentalmente. La encontré un día en la acera y aquella carita pequeña, de ojos tan grandes y tan negros y labios tan pequeños y tan rojos, me sedujo. Me acerqué a ella y hablamos.

Pareció comprenderme y me aceptó enseguida. En las alas de mi sombrero, en la exuberancia de mi cabellera y en la expresión de mis ojos, había descubierto al soñador, y ella también soñaba.

Soñaba, según me lo dijo con su adorable vocesita, con algo así como un Lohengrín, con algún príncipe encantado de las leyendas antiguas, que había de venir desde lejos, desde el cielo, quizá, con las alforjas del alma repletas de mirra y de oro, a depositarlo todo al pie de su balcón de reina encantada, donde anidaban los pájaros y abrían sus sensuales bocas rojas los claveles andaluces. Aquello era mi ideal, la Reina Mora de todos mis ensueños.

En fin, fue un momento feliz y eso fue todo.

—¿Y luego?

—Y luego . . . lo que había forzosamente de suceder. Un viaje, una de mis correrías de bohemio, me llevó lejos, muy lejos, por mucho tiempo. Cuando volví, le habían robado a mi balcón toledano la Reina Mora de los ojos tan grandes y tan negros y de labios tan pequeños y tan rojos. Había en su lugar una mujer que platicaba con un hombre.

Yo estaba demás allí, demás en el mundo quizá . . . y quise morir.

En un instante estuvo arreglado todo; escribió el príncipe su postrera trova, aprestó su puñal y encaminándose hacia el balcón donde anidaban los pájaros y abrían sus sensuales bocas rojas los claveles andaluces.

Lo demás se cuenta solo. Desperté a tiempo, arrojé lejos de mí el puñal homicida y en lugar de mi postrera trova, lancé al pie de su balcón la primera de mis carcajadas.

La cena de Juan Guerard

Aquel día, la idea roja del crimen, había relampagueado varias veces por el cerebro de Juan Guerard. Al principio sintió como un odio hacia todo, como un extraño deseo de hacer mal; luego este sentimiento fue marcándose más y más y cuando, caminando por una callejuela, vió en una puerta un gatito blanco que se relamía tranquilamente los mostachos, tan tranquilamente que parecía haber olvidado que por allí pasaban hombres, Juan sintió como el antojo de reventarlo de un puntapié.

Era tan limpio y tan gordito y estaba tan mono y tan coquetón con su cascabelito al pescuezo pendiente de una cinta rosada!

Juan pensó en la carne picadita y en el platito con leche de todos los gatitos mimosos; sintió envidia, sintió odio hacia aquel animal feliz y la idea de aplastarlo le sedujo irresistiblemente. Cuando pasó junto a él, a pesar de que pensaba en que aquello era una brutalidad, instintivamente descargó un golpe con el taco en el cráneo del pequeño animal.

—¡Asesino! ¡Hereje! ¡Bandido! Morirás en la cárcel— sintió que le gritaba una vieja desde una celosía.— ¡Asesino!—Entonces se sintió satisfecho y apresuró el paso, sonriendo como un chico orgulloso de una travesura.

Más tarde, el recuerdo del gatito blanco aplastado

contra la acera acudió a su imaginación, en la forma de un vago remordimiento. Él, antes tan bueno y tan sensible a todo, al pensar en lo que acababa de hacer, casi no se reconocía. ¿Era que en verdad se estaba volviendo malo?

—¡Asesino! ¡Bandido! Morirás en la cárcel—chillaba en sus oídos la voz de la vieja.—¡Hereje! ¡Bandido!—Y se sintió avergonzado de sí mismo y tan arrepentido que hasta tuvo ganas de llorar. Pero luego, cuando andando, andanda, vió avanzar en dirección contraria a la de él, a un señor regordete y mofletudo que respiraba felicidad por todos los poros, Juan pensó que era una lástima que la cabeza de un hombre no pudiera aplastarse con tanta facilidad como la cabeza de un gato.

* * * * *

Era ya casi de noche; el sol en el ocaso ensangrentaba el horizonte y el crepúsculo daba a todo un siniestro tinte rojo que vibraba en el alma de Juan como una incitación. Además, de las cocinas de las casas llegaba hasta la calle un tufillo a carne asada, como para hacer saber a los transeuntes que había entre los habitantes de aquellas casas la costumbre de comer.

Y Juan sintió entonces más que nunca que su odio le aullaba dentro del alma y recordó que hacía ya veinticuatro horas que no comía. Sentía como si una fiera metida dentro de él, le mordiera en el alma mientras le arañaba el estómago, como un caballero impaciente que desgarra los ijares de un caballo para obligarlo a andar. Y notó entonces que era más odio que hambre lo que sentía. Y si, en aquel momento, le hubiera presentado ante su vista un corazón humano y un plato de comida, hubiera sin vacilar dejado de un lado el plato para ir a morder furiosamente el corazón humano.

Pasaba en ese momento por una plaza y sintiéndose extenuado, se desplomó sobre un banco a meditar. El recuerdo del pasado desfiló entonces por su mente como una caravana de visiones; y él platicó largamente con todos sus recuerdos.

Pasó primero la infancia, ingenuamente bulliciosa y feliz, como una bandada de palomas blancas; luego la adolescencia, con los primeros sueños y los primeros amores, matizada y fragante como un jardín en flor, como una primavera. Y cuando concluyó el desfile risueño de sus evocaciones, se halló de pronto ante su vida presente desolada y yerma como una pesadilla invernal; alfombrada de ruinas de sueños desmoronados, de amores muertos y de ilusiones idas.

¡Oh, cuán odiosos y repugnantes y viles eran los hombres!

Pensó en su antigua oficina, en su antigua vida de modesto empleado. Recordó las sonrisas hipócritas y el celo hipócrita y todo el bagaje de hipocresía que todos sus compañeros se cargaban sobre los hombros, al ir en su marcha de genuflexiones, de ascenso en ascenso y de bajeza en bajeza. Recordó el aire sultanesco de los superiores y la sumisión de eunucos de los que soñaban con serlo. Después, reconstruyó la escena que había dado origen a su cesantía. La voz de trueno de su principal, que rugía como un león ante su inconcebible audacia de haber respondido con altivez a una observación injusta; el escándalo de sus compañeros, al oír sus gritos alternando con los gritos del jefe; luego su expulsión, sus correrías de casa en casa en procura de colocación; los recibimientos ásperos; las antesalas de horas; los "vuelva usted mañana" de todos los principales; el primer día de ayuno; los primeros espolazos del hambre; su impotencia de ganarlo y su asco de pedir.

Y se sintió orgulloso de su estado actual. Si hubiera sido igual que todos los otros, hoy sentiría vergüenza, sentiría repugnancia ante su propio yo. Pero entonces hubiera comido.

* * * * *

—¡Oh Guerard, carísimo Guerard!—Y Juan se sintió entre dos brazos que lo oprimían afectuosamente.

—¿Qué haces por aquí?

Era Miguel Rodríguez, uno de sus antiguos compañeros de oficina; el que había ascendido a su puesto a raíz de su cesantía.

—En la oficina hemos lamentado mucho tu desgracia. Los muchachos te querían de veras. Ha sido una gran locura lo que has hecho, querido. Los jefes son jefes: gritan, es verdad, e insultan a veces, pero en el fondo no son malos. Hay que aguantarlos, querido; no hay más remedio que aguantarlos.

Juan se sentía incomodado junto a aquel individuo, pero se contuvo. Una idea había atravesado por su imaginación, y luego le dió tanto asco que no pudo menos que escupir. Había pensado en confesarle su situación a aquel individuo y pedirle dinero para comer. Oh, ¡el hambre, el hambre!

—Qué haces ahora, querido? ¿Trabajas? ¿Estás bien?

—Trabajo y estoy mejor que nunca, replicó Juan orgullosamente como queriendo rehabilitarse ante sí mismo.—He ganado el cien por ciento con salir de allí.

El otro no contestó, pero después de un momento de silencio, habló de nuevo.

—Ven, vamos a tomar alguna cosa a la salud de tu nueva situación. Y le arrastró del brazo hasta un café de las inmediaciones. Juan se dejó llevar y aceptó el convite. Bebieron cognac; una, dos, hasta cuatro veces.

Rodríguez era locuaz y charloteo más de una hora al

respecto de su oficina y de su nuevo cargo y de su aumento de sueldo y de sus tareas y de sus jefes, y de todo cuanto él podía conversar.

Juan se había reconcentrado en sí mismo y hasta llegó a olvidarse de que frente a él había un señor que a él se dirigía. Había apoyado los codos sobre la mesa y con la barba sobre los puños, miraba fijamente la cuarta copa de cognac que descansaba frente a él a medio vaciar.

El alcohol le había tornado más sombrío. Había caído como una llamarada sobre su estómago vacío y se juntaba con su hambre para torturarlo más. Ya casi no podía con todo su odio.

El otro se cansó al fin de hablar, miró a Juan, miró el reloj, llamó al mozo y después de pagar el gasto se marchó murmurando entre dientes.

—Se ha dado a la bebida. Ya decía yo que este infeliz había de concluir así.

* * * * *

Juan miró levantarse a su compañero pero no le detuvo. Sonrió estúpidamente, le acompañó hasta la puerta con una mirada vaga, apuró de un trago el resto del contenido de la copa y paseó una siniestra mirada a su alrededor.

El café estaba repleto de parroquianos que conversaban y reían ruidosamente, mientras el líquido bestializador pasaba de las botellas a las copas y de las copas a las gargantas.

Entonces Juan volvió a pensar en la estupidez de los hombres, mienetras sus puños se crispaban y el sueño rojo volvía a apoderarse de su imaginación.

Él era rey, un rey extraño, todo cubierto de sangre tibia y humeante que le corría por el cuerpo como una caricia y le bañaba los pies y le salpicaba el rostro y le enguantaba las manos. Había frente a él una regia mesa, toda cubierta de manjares tan extraños y sangrientos como él. Estaba allí el cuerpecito aplastado del gatito blanco, los ojos de la vieja centelleantes de odio y el cogote grueso y corto de aquel transeunte feliz. Y él devoraba toda aquella carne sangrante y la saboreaba deleitosamente, como una golosina exquisita.

Cuando despertó, el café estaba casi desierto. En una mesa frente a la de él, dos calaveras rezagados cenaban opíparamente y fue entonces cuando Juan, al ver la comida, volvió a sentirse hombre.

El hambre se revolvía en su interior como un vampiro que le chupaba la sangre hasta dejarle exhausto y Juan pensó en la muerte y se sintió desfallecer.

Sus vecinos de mesa, en tanto, seguían conversando alegremente. Eran jóvenes los dos y los dos estaban borrachos. No comían casi, bebían mucho y reían a carcajadas, mirándose beber. Los platos de comida permanecían intactos frente a ellos y el mozo iba y venía trayendo nuevas fuentes o volviéndoselas a llevar tal cual.

Juan miraba estúpidamente todo aquello con la atención y la vista fijas en los platos de comida. Se sentía sin fuerzas, desfalleciente, humilde y varias veces pensó en implorar por caridad los restos de aquel banquete.

Los dos jóvenes, en tanto, seguían bebiendo alegremente sin haber reparado en su famélico vecino. Bebían cada vez más y cada vez reían más estúpidamente.

De pronto, uno de ellos empezó a cantar; el otro le acompañó largo rato golpeando la copa con su tenedor; luego, cansado al parecer de este entretenimiento, cogió una costilla que sangraba en su plato y se lo arrojó al rostro a su compañero. Aquel evitó el golpe; la costilla rodó a los pies de Juan como una invitación y cuando éste alcanzó a darse cuenta de lo que hacía, sus dientes ya desgarraban furiosamente aquella piltrafa de carne sangrante.

Los dos borrachos le miraron estúpidamente, como sin comprender.

—Qué chancho—dijo uno, y el otro descubrió:—Tiene hambre.

—Acérquese, amigo; aquí todos somos hermanos,— tartamudeó el primero.—Acérquese.—Y luego, como en un transporte de sentimentalismo:—Pobre infeliz! Quién sabe cuanto tiempo hace que no come. Hay que compadecerse de estos infelices. Acércate, hermano; acércate.

Juan había dejado sobre la mesa su pingajo de comida y miraba a aquellos hombres con los ojos muy abiertos, sin hacer un movimiento y sin proferir una palabra.

Entonces, el primero que había hablado, dijo:—¡Tiene vergüenza!—Y cogiendo una fuente llena de comida se acercó tambaleando hasta junto a Juan, que le miraba avanzar, siempre inmóvil y siempre con los ojos muy abiertos.

—Comé, hermano, comé; no tengás vergüenza,—decía el borracho tambaleándose frente a él, con la fuente de comida.—¿No tenías hambre? Aquí tenés para comer hasta reventar. Comé, hombre, comé.—Y pinchando un pedazo de comida, se lo acercó a la boca resfregándoselo por la nariz.

Juan hizo un movimiento como para huír; luego sintió que sus puños se crispaban de nuevo, que el hambre le desgarraba el estómago y la sangre le nublaba la vista. Y volvió a ser rey, y volvió a mirarse frente a la mesa cubierta de manjares sangrientos y soño que devoraba deleitosamente el cogote corto y grueso del transeunte feliz.

* * * * *

Cuando despertó, se halló en medio de un círculo de hombres que le sujetaban por los brazos golpeándole furiosamente. Tenía entre los dientes un pedazo de carne sangrante como los manjares de su mesa de rey extraño y a sus pies yacía el borracho, con el pescuezo destrozado.

—A la cárcel con él,—gritaban unos.

– ¡Lincharle! ¡Lincharle!—aullaban furiosamente otros.

– A la cárcel, a la cárcel,—y todos le empujaban y todos le golpeaban como una tempestad.

Entonces Juan volvió a recordar el gatito blanco y oyó de nuevo los gritos de la vieja y se dejó arrastrar orgulloso y sonriente, como un chico satisfecho de una travesura.

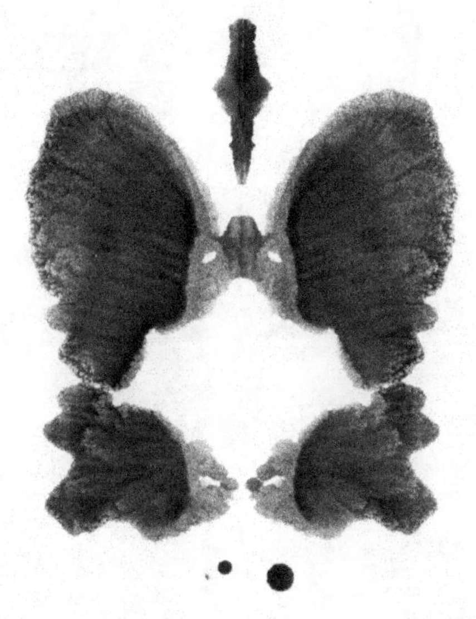

El visionario

Me fue simpático desde que me dijeron que era loco.

Fue durante uno de mis viajes. Habíamos salido de Génova de regreso hacia América. El vapor era muy grande y éramos muchos los pasajeros. En primera una serie de burgueses panzudos y jóvenes triviales que viajaban por negocios; en tercera un horrible pandemonio de hambrientos, una espantosa farándula de harapos, que se agitaban y reían y cantaban, soñando con la América prometida, donde se era tan feliz, donde se ganaba tanto dinero, de donde se volvía tan rico!

El vapor iba cargado hasta las bordas, hundido en el agua bajo el peso de su enorme cargamento de problemas económicos en viaje . . .

Yo era quizás el único que viajaba por vivir; el único que no sentía prisa por ver las costas de la América, y reía y gozaba, satánica, artísticamente, cuando el cielo se cargaba de nubes negras y el mar se hacía cordillera bordando sus cumbres de espuma blanca.

Él había subido en Barcelona y cuando llegamos a Cádiz, aún no se había descubierto el misterio que rodeaba a tan extraño personaje. Nadie sabía quien era ni como se llamaba, ni hacia donde se dirigía. Al principio se dijo que era un príncipe ruso que viajaba de incógnito; luego que un millonario yanki . . . Al fin, la versión del capitán vino a contentar a todos, haciendo que todos se golpearon la frente en un "¿no lo decía yo?" como confirmador de sus sospechas. Se trataba de un pobre joven algo tocado, un monomaníaco, un loco.

Y cuando una solterona cursi, preguntó empeñándose en demostrar espanto, si no habría peligro de sus arrebatos, y un burgués grave y panzudo hizo notar, en tono de censura, los inconvenientes de tan extraña compañía, el capitán sonrió.

—Es un loco manso—dijo.—Una locura sentimental, una locura plácida. Está enamorado de una estrella. ¡Lástima de muchacho; si los médicos no consiguen curarlo, tendremos un poeta más! Pero eso no es peligroso!

Y los señores respetables y los jóvenes elegantes y las mujercitas espirituales, saludaron las palabras del capitán con una carcajada estruendosa.

Hubo sólo un suspiro y hubo sólo una sonrisa. El suspiro salió del pecho de la solterona que había hablado de los arrebatos; la sonrisa se hizo adivinar en mis labios y quizá se mostró más claramente en mis ojos.

Luego, nadie volvió a hablar en serio del asunto.

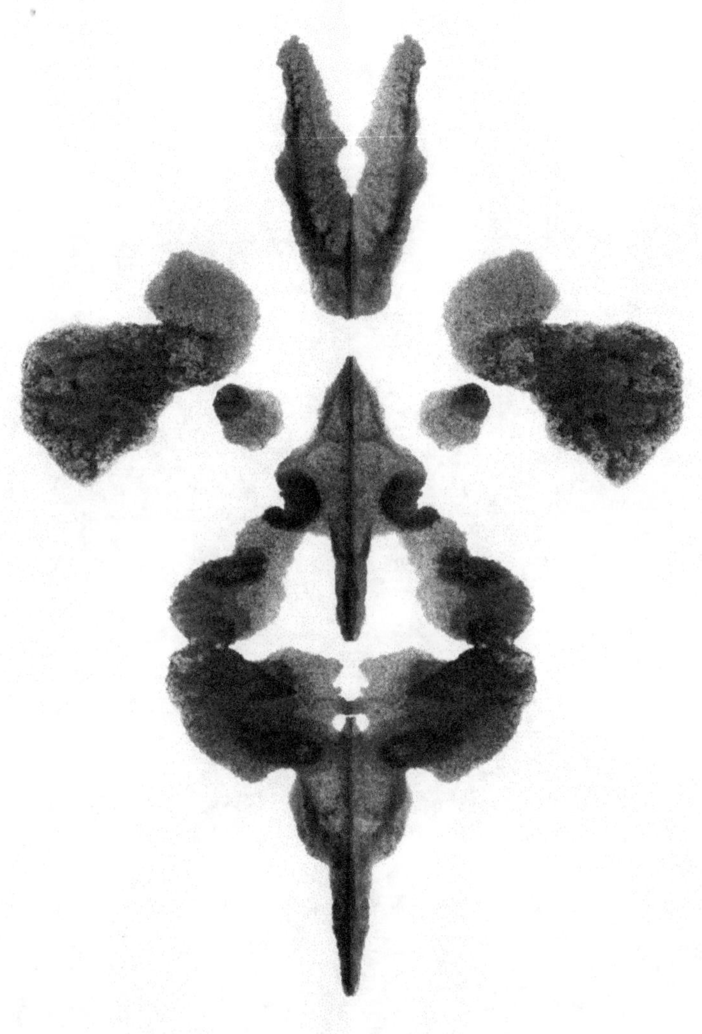

Las dos estatuas

Su historia fue una historia vulgar. Hijo de un matrimonio Pérez o López o Rodríguez, nació entre los mullidos brocatos de un lecho de burgueses y creció en la opulencia, rodeado de cuidos, de cariños, de mimos.

Educado esmeradamente, prolijamente, cuando salió del seminario, encontróse de pronto en medio del gran mundo, cuyas puertas se franquearon ante el "sésamo ábrete" de su título de millonario futuro, que le conquistó desde luego la admiración de todos los hombres y la simpatía de todas las mujeres.

Erigido en ídolo por la magia del oro, convertido en niño mimado de la mejor sociedad, paseó por los salones sus elegantes exquisiteces de joven calavera, enloqueciendo a las esposas, desesperando a los maridos, hasta llenar sus libretas de moderno Tenorio, con las listas interminables de sus mujeres burladas y de sus muertos en desafíos.

Su juventud fue una serie de galantes aventuras. Provocó mil escándalos, se batió mil veces y así, burlando incautas y asesinando inocentes, vivió su vida inútil de bandido elegante, amparado siempre, ya por su fama de consumado esgrimista, ya por la magia maravillosa de sus monedas de oro . . .

Fallecidos sus padres, dueño absoluto de una colosal fortuna, pensó recién en hacerse hombre de bien. Olvidó las orgías, se retiró del gran mundo y vivió sus demás años consagrado a su comercio, el que centuplicó su ya fabuloso capital, en sus lícitos negocios de banca, monopolizando artículos de primera necesidad, prestando rumbosamente al diez por ciento . . .

Cuando murió, la sociedad entera, reunida alrededor de la capilla ardiente, descubrió que toda la vida había sido un filántropo el millonario que acababa de fallecer; y al poco tiempo se alzaba en medio de la plaza de mi pueblo, sobre un pedestal de granito, la obesa esfinge de aquel santo varón "que consagró su vida a remediar miserias, a enjugar lágrimas . . ."

El pueblo entero desfiló conmovido por frente de aquella estatua: y entre el pueblo, mi preceptor y yo.

—¿Ves?—me dijo el buen viejo señalándome con el dedo el monumento que acababa de descubrirse.—Observa, aprende, comprende . . .

* * * * *

La historia del otro no fue menos vulgar, por cierto.

Engendrado sin duda en una orgía de lupanar, nació quizá en una mísera buhardilla, quizá en un hospicio, quizá en una cárcel . . . Él nunca supo donde ni de quien.

Creció vagabundeando por el arroyo, se educó en el presidio y allí aprendió los evangelios de la canalla, quizá de los labios de su propio padre.

Luego . . . lo de siempre. Cursada ya su carrera, ya malhechor diplomado, vivió merodeando por los caminos, robando y matando y haciendo el agosto de los diarios noticieros, que por buen tiempo llenaron sus columnas con los sangrientos pormenores de sus bárbaras hazañas de bandido execrable.

Un buen día, la policía se apoderó por fin de él; lleváronle ante los jueces, se le condenó a la horca, y pasadas algunas semanas de la inauguración de la estatua del virtuoso filántropo, apareció una mañana balanceándose frente a ella, el cadáver del terrible malhechor expuesto por las autoridades a la pública vindicta.

Lo recuerdo como si fuera hace una hora.

Colgado enfrente mismo de la estatua del millonario, al otro extremo de la plaza, con los puños crispados y los ojos casi saltados de las órbitas, parecía examinar a su vecino con una expresión de desprecio, de desafío, de rivalidad.

Cuando pasamos frente a él, el bueno de mi preceptor volvió a cogerme del brazo y me lo señaló con el dedo.

—Observa, aprende, comprende—volvió a decirme en el mismo tono de la vez anterior. Observa . . . aprende . . . comprende . . .

* * * * *

Pasaron desde aquello muchos años. Yo abandoné mi pueblo y he recorrido mucho, y he visto muchas estatuas y he visto muchos ajusticiados y he seguido observando . . . y he aprendido mucho . . . pero nunca lo comprendí . . . Y estoy seguro de que moriré sin comprender.

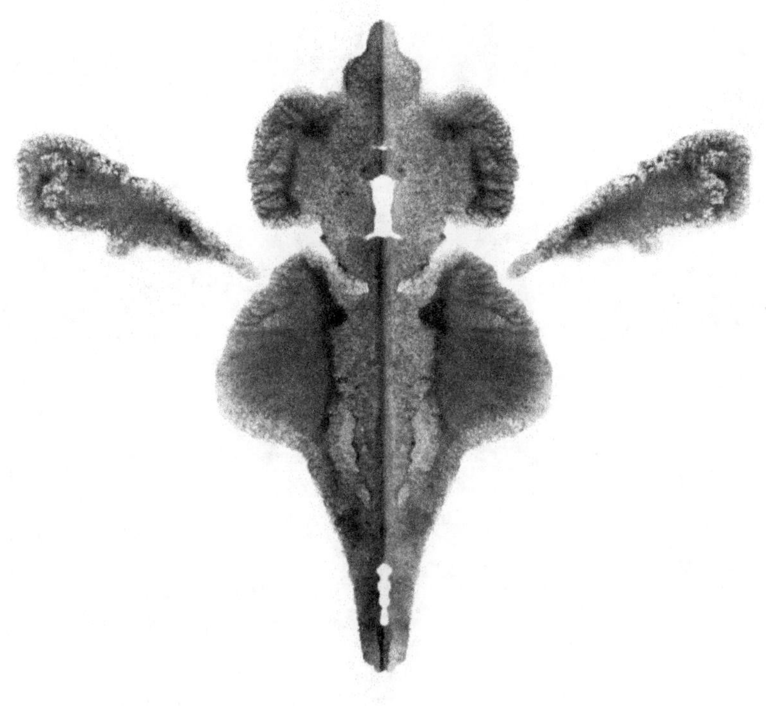

El derrumbe

¡Valiente pareja! Él feo, deforme, jorobado, pero con un alma tan hermosamente grande que compensaba con creces la deformidad de su cuerpo; ella hermosa, esbelta, provocadora, pero . . . exasperantemente simple. ¿Cómo había el destino unido aquellos dos cuerpos?

Fue sin duda una lamentable locura de los dos. El la vió, quedó deslumbrado ante su belleza de suerte que, cuando supo de la pequeñez de su alma, ya era tarde; el amor se había deslizado dentro de su pecho deforme; ya no tenía remedio.

Ella, que acababa de sufrir un desengaño de amor, oyó hablar de los versos de aquel poeta turbulento, oyó hablar del talento de aquel Orfeo-Cuasimodo, consagrado a la canalla; oyó hablar de sus yambos demoledores arrojados a modo de un frasco de vitriolo al rostro de la sociedad y sintió el deseo coquetamente perverso de arrebatárselo a las multitudes.

Partiremos los lauros—se dijo.—En adelante, escribirá para mí. Seré la esposa de uno de los más grandes poetas, seré yo la inspiradora de sus versos. ¡Oh, como me envidiarán mis amigas!

Y tendió al poeta su blanca y delicada manecita. Acababa de adquirir un ruiseñor, exacxtamente como los burgueses, que pueblan sus patios de jaulas repletas de costosos pajarillos, no por las sublimes armonías de sus gorjeos, sino para que rabien de envidia sus vecinos. No para deslumbrarse, sino para deslumbrar.

Y se casaron y aunque fueron momentáneamente felices, muy luego se convencieron de que habíanse equivocado los dos.

Ella no leía sus poemas sino en voz alta, cuando le rodeaban sus amigas. ¡Ella no era capaz de comprenderle!

Él, desengañado y dolorido, más que nunca infeliz por lo mismo que más que nunca enamorado, redobló la ternura de sus cantos. ¡Él, que no había hecho sino rugir, lloraba ahora!

Comprendió que érale necesario hacerse comprender, y olvidó por completo a su querida plebe para consagrarse por entero a la rubia princesita de sus amores.

La musa popular, la de las pasiones y los odios intensos, fue vencida por aquel bello *biscuit*, sin asomos de alma. El yambo derrotado, cedió su sitio al madrigal.

Pero, todo fue en vano: cada día se convencía más de la inminencia de la catástrofe; cada día crecía la indiferencia de su amada, en razón directa con la intensidad de sus amores.

Él lo comprendía; comenzaba examinándose a sí mismo y concluía paragonándose con ella. ¿Por qué había de amarle una vez que era incapaz de comprenderle? Y si no le amaba, si amaba a otro, ¿por qué había de permanecer a su lado esclava de un amor que no sentía?

Un día, después de muchas luchas y muchas reflexiones, había abordado el asunto.

—Tú no me quieres—le dijo.—He adivinado que me aborreces, amas a otro. Es justo. ¿Por qué, pues, permaneces a mi lado? Tú no puedes amarme. Yo soy feo, muy feo, deforme casi; tú no puedes amarme. Eres absolutamente libre; no tienes para conmigo ningún deber; en cambio tienes muchos para contigo misma. Tienes la necesidad, el deber de amar a alguien, ¿oyes?

Pero ella se había limitado a gimotear:—eres injusto; yo te amo; no me hagas el agravio de creerme criminal.

—¿Criminal? ¡Pobre alma!—murmuró él.—¡Pobre alma!—Y se alejó profundamente preocupado. ¿Era que le amaba en realidad? Y si no le amaba, ¿era tan pobre que ni se sentía capaz de rebelarse?

Aquel día llegó a su casa poseído de una infinita melancolía. ¡Había pensado tantas cosas! Cuando iba a entrar en su escritorio se detuvo a la puerta y escuchó. Alguien lloraba allí; era su esposa quien lloraba.

Abrió suavemente la puerta y permaneció inmóvil varios instantes. ¡Era ella! Sentada en su escritorio, de espaldas a la puerta, no habiéndose dado cuenta de su presencia, continuaba sollozando mientras agitaba en su mano una rosada esquelita: un mensaje de amor sin duda alguna.

Lo comprendió todo. El amor debatiéndose contra el

deber; aquellas lágrimas era hijas de un estúpido estoicismo.

Algo pasó por él, que no fue ciertamente el estallido de los celos. Miró a aquella mujer, con lástima primero, con desprecio después. Vaciló un rato, luego avanzó en puntillas, hasta llegar junto a ella que seguía sollozando.

Tenía frente a sí una cuartilla y había comenzado a garabatear en ella su respuesta. "Imposible." Luego, el dolor había interrumpido su misiva; aquel "imposible" había sido bañado con sus lágrimas.

—¡Pobre alma!—exclamó él, sintiendo en sí, mezcla de lástima y de desprecio por aquella mujer.—¡Pobre alma! ¡Ni siquiera el valor de rebelarse!

Y sin decir una palabra, sin hacer ni un ruido, salió de aquella habitación poseído de un infinito desprecio hacia aquella alma mezquinamente pobre que cerraba el corazón a su único amor, poniendo por barrera un "imposible" bañado en lágrimas.

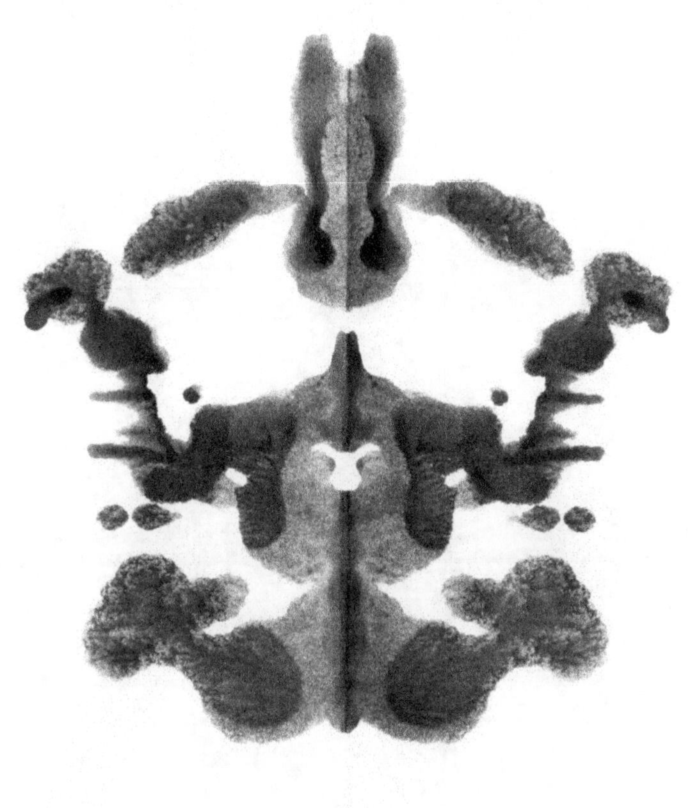

El lodazal

—¡Eh joven! Párese un momento, haga usted el favor.—Y un corpulento señor de amplio bagaje abdominal hizo irrupción ante mí.—¿Usted es Herrera?

—Sí, señor. ¿Y usted quién es?

—Soy un agente de policía.

—¡Ah! Ya.

—¿Quiere usted hacerme el servicio de acompañarme hasta la Jefatura Superior?

—Hombre, lo siento mucho, pero yo no hago a nadie esa clase de servicios.

—Es que es forzoso.

—¡Ah! Por ahí debiera haber empezado. Vamos andando.

Y echamos a andar en dirección a la Jefatura Superior; yo, sonriendo irónicamente y el policía alarmándose por grados al verme sonreír. Luego, como no pudiendo ya resistir a las dudas que le torturan:

—¿Pero usted es mismo Herrera?

—Sí, hombre, sí. Tenía usted miedo de haber equivocado la presa.

—Oh, eso no. Cuando nosotros prendemos, sabemos muy bien a quien.—Y luego, como queriendo sincerarse:—Es un oficio ingrato, éste, pero . . . ¡qué se le va a hacer! Uno tiene que ganarse el pan y usted comprende . . .

—Sí, hombre, sí, demasiado comprendo.

—El nuestro es un oficio como otro cualquiera.

—Un poquito en baja.

—¿Por qué lo dice usted?

—Hombre, porque no tardarán ustedes en ser sustituídos con ventaja. ¿No ha oído hablar de los perros belgas? Parece que prestan excelentes servicios como agentes de policía.—Y volví a sonreír.

El buen señor del abultado abdomen nada me replicó. Quizá se sintió molestado por la intención de mis frases; quizá pensaba seriamente en sus futuros competidores . . . ¡Lástima de perrera!

* * * * *

Y estoy en la cárcel. Soy menos bruto y más bien intencionado que la encanallada mayoría; amo a la humanidad y dije mal del rey y de la guerra. Soy, pues, un sedicioso.

La celda que me han destinado no es la que yo esperaba, teniendo en cuenta la enormidad de mi delito. Es regularmente espaciosa, hay suficiente luz y dispongo de una cama para dormir, un colchón y cobijas y todo. ¡Oh generosidad policíaca!

Sobre la colcha, formados de cuatro de fondo, pasean aparatosamente los parásitos que más tarde me han de almorzar impunemente. ¡Oh maravilla! Se me figura que asisto en palacio, a una recepción oficial.

* * * * *

Es la hora del paseo. Las puertas de las celdas se han abierto con gran escándalo de chirridos de goznes, vomitando en el patio común sus humanos contenidos. Yo formo parte de aquel vómito colosal; examinemos a los compañeros.

Son muchos, muchísimos. Viejos, jóvenes, criaturas; ancianos decrépitos que se encorvan como árboles podridos, sin fruto y sin savia y sin flores, y adolescentes plenos de vigor y de vida, como gajos verdes que surgieran de la tierra para ser sepultados por el lodazal. ¡Y todos cantan! ¡Y todos ríen! Ni una expresión de rabia, ni un gesto de rebelión, ni una sonrisa de melancolía. Carcajadas y nada más que carcajadas.

¡Oh humanidad, humanidad! Pero ¿tendrán alma todas estas cosas de forma humana? Tal vez. Pero se dijera que las pobres tienen vergüenza de asomarse a los ojos.

Este es el mundo.

¡Y pensar que todos estos idiotas que roban sinceramente podían ser otros tantos Marqueses de Comillas si la suerte les hubiera llevado por las vías legales! ¡Y pensar que todos estos otros asesinos terribles no son sino generales Marina editados en rústica!

¡Oh, de cuántas honras gozarías, canallas miserables, si en lugar de carteristas os hubieseis sabido hacer banqueros y en lugar de matar a un individuo cualquiera, os hubierais dedicado a matar moros!

Pero, tened paciencia. A la justicia la pintan con los ojos vendados; su espada es igualmente cortante para todos y su balanza fiel como la de un almacenero al por menor. ¡La ley es ley para todos!

* * * * *

La canalla se regocija. Yo medito. Luego, alguien me interrumpe.

—Eh, compañero. Usted es recluta, ¿verdad? Diga francamente. ¿Qué fue lo que cometió? No tenga vergüenza, no esté triste, hombre. Aquí no se pasa del todo mal. Por lo menos, se tiene segura una libreta por día y dos carradas de pedregullo; eso, sin contar la cama que es casi tan buena como las de la posada del Peine.

Le ofrezco un cigarro, ya como amigos. Éste será mi cicerone.

—¿Qué quiere saber? ¿Por qué están aquí esos compañeros? Cosas de la vida. Aquel le dió una puñalada a un sujeto, aquel otro "le puso los cinco" a un reloj. Son todos buenos camaradas, créame.

De pronto, un grupo de jovenzuelos que pasan frente a nosotros abanicándose y requebrando el cuerpo al caminar, con cierto coquetismo damiselesco, llama mi atención. ¿Y aquello?

—Maricas. Rayas los partan. Son la deshonra de la cárcel. Aquél más joven es "La estrella polar", aquél otro "La Reina" y éste de más acá "La Gheisa". Y el camarada me iba señalando uno por uno los personajes catalogados. Ellos le vieron y redoblaron sus zeballescas voluptuosidades con cierta altivez desafiante. De pronto, "La Reina", adivinando sin duda nuestros comentarios, se encaminó hacia la fuente y comenzó a lavar unas camisas, cantando con voz afeminada, no desprovista de intención:

Yo soy mujer de la vida
Y lo tengo a mucho honor.

Mi compañero lanzó un "rayo te parta" y se alejó. Yo continué meditando. No hay duda. Hasta éstos son también factores importantes dentro de nuestra sociedad. Con menos, serían príncipes o mariscales en Alemania, o ministros de relaciones en la Argentina. ¡Lástima de andróginos!

El paseo había terminado; las celdas recuperaron sus prisioneros y yo también fui restituído a la mía.

Cuando la puerta se cerró, me dejé caer sobre la cama sin hacer ya más caso de los parásitos.

¡Oh sociedad, sociedad! Y me vinieron a la memoria estos párrafos de una nota pasada al señor Maura por el Arzobispo de Sevilla, a propósito de los últimos acontecimientos:

> "Es preciso acabar de una vez con todos esos miserables
> que no hacen nada más que pregonar ideas antisociales
> . . . Es preciso hacer un escarmiento."

Tienes razón, cogullesco gusano: es preciso hacer un escarmiento entre esos que "no hacen nada más que pregonar ideas antisociales". A ver si así se consigue que las realicemos de una vez.

Cárcel Modelo de Barcelona, Julio 1909.

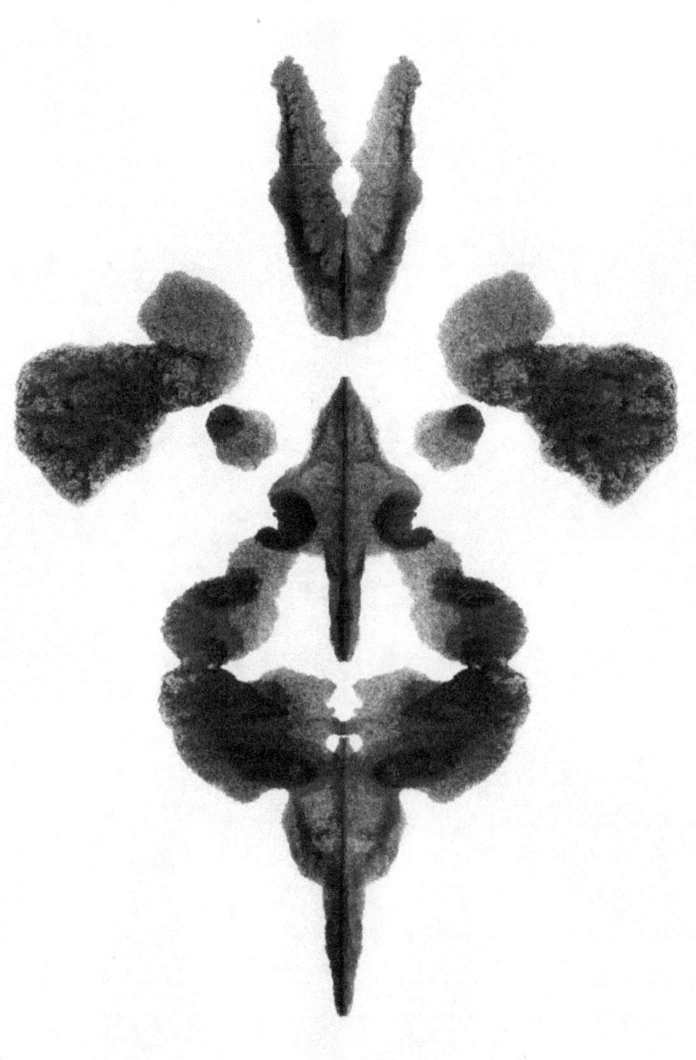

Las dos hermanas

—¿Por qué os inspiran tanto odio, esas pobres infelices, señora?

—¡#### ##### ##### ####!

—¡Oh! Sí, ya la sé. Su vida es repugnante y nauseabunda; su misión, antipática y baja; su carne, miserable y pestilente. Ya lo sé. Todos los vicios y todas las carcomas se resumen en ellas; en eso estamos de acuerdo. Pero no me negaréis, señora, que toda esa sífilis moral y física que se viste de colores chillones para ofrecerse a la venta en los mercados del lupanar, tiene su indiscutible utilidad social. La utilidad higiénica de las letrinas donde afluye toda la humana porquería.

Su oficio es casi un sacerdocio, señora. Todo lo que nuestra moral cristiana, anti-natural y absurda, le roba a la vida, haciendo del amor un pecado, se lo paga al pecado que hace un comercio de amor.

Además, ellas no son culpables, señora. Si Dios no arrojara penitentes al infierno, el infierno hubiera desde hace mucho tiempo dejado de existir.

—¿#### ##### ##### ####?

—Quiero decir, que quien provee los prostíbulos de carne nueva, quienes abastecen esas ferias de la inmoralidad no son propiamente los caftens, ni los rufianes, ni las viejas Celestinas. Es nuestra moral social; sois vosotras, somos nosotros, es la gente decente, en una palabra.

—#### ##### ##### ####.

—¿Malas cabezas, decís? Sí, ya lo sé. Esas mujeres, en queriendo ser buenas, si se hubieran resignado a trabajar, no serían ciertamente lo que son. Efectivamente. Hay en todas las ciudades infinidad de fábricas abastecidas por el esfuerzo femenino. Trabajando diez horas por día, ya cosiendo pantalones, ya fregando pisos, ya empaquetando cigarillos, puede vivir honradamente cualquier mujer. Y bien. ¿Eso es todo?

—#### ##### ##### ####.

Escuchad, quiero contaros un cuento. Eran dos hermanas, la una hermosa, coqueta, casquivana y un si es no es original. La otra fea, humilde, resignada; mansa como una oveja y laboriosa como una hormiga. Eran dos hermanas.

Un día, después de haber vivido con relativa holgura, se encontraron de pronto frente a las necesidades de la vida.

Tenía la mayor de ellas diez y nueve años; la menor, diez y siete.

—¿Qué hacemos ahora?—se preguntaron.

—Yo trabajaré honradamente—dijo la primera—y ganaré para vivir.—La menor no dijo nada; hizo un pequeño mohín, se encogió de hombros y un buen día desapareció. Tuvo un amante, después otro, luego muchos más y luego se hizo una reflexión que la ayudó a baja el último peldaño. Un amante de un mes . . . un amante de media hora . . . ¿qué más da? Y optó por el amante de media hora. Fue una ramera, como todas ellas, exactamente como todas. A todo esto, habían transcurrido diez años. La otra, en tanto, seguía trabajando, honradamente, y hasta llegó a ganar un premio a la virtud.

Ahí tenéis, señora, dos situaciones iguales frente a dos cabezas distintas. Una se entregó al trabajo, la otra al vicio; las dos se robaron a la vida; las dos se vendieron por un pan, pero siguiendo, como véis, dos caminos completamente opuestos . . .

Y las dos murieron en un hospital, poco más o menos por el mismo tiempo; las dos consumidas por sus vidas; las dos en lucha por el miserable mendrugo.

—#### ##### ##### ####.

—¿Qué hubo diferencia entre las dos? Sí señora; la una murió en la Casa de Aislamiento y la otra en la sala en Enfermedades Venéreas.

La madre de mi amigo

Lo ví triste y amargado y nos hicimos amigos. ¡Había en el fondo de su mirada azul tanta melancolía! Y en verdad que me resultó una gran alma aquel muchacho.

Al otro día de conocernos, éramos como hermanos; nos contamos nuestro pasado y nos confiamos nuestros proyectos y nuestras esperanzas.

Él era solo en el mundo y vivía su vida de misántropo en una casita de los suburbios; una casita pequeña, blanca, deliciosamente poética; dormida como un hada en medio de un jardín.

Su padre había muerto joven, desgastado por su vida de sempiterno calavera. Él era único hijo y heredó una modesta renta.

Su madre . . . Él nunca había sabido nada de su madre. Un amor puramente fisiológico; una aventura ligera; una mujer abandonada a los pocos meses de ser madre. Ése había sido su origen.

Su padre, recién unas horas antes de morir, le había hablado del asunto.

—Procura encontrarla. La pobrecita era muy buena y yo he sido muy infame con ella. En fin, perdóname.

Y él, que entonces no se dió cuenta de lo que su padre le decía, lo besó en la frente y le dijo que no tenía nada que perdonar.

¡Era entonces tan niño!

—¡Oh! Si yo la encontrara!—sollozaba siempre el infeliz de mi amigo. Y vivía obsesionado con esta preocupación.

¡Debe ser tan hermoso tener una madre! Entonces resplandecían sus ojos y empezaba a bosquejar una serie de proyectos ingenuamente deliciosos. La llevaría a vivir con él, a su casita blanca de los suburbios y ¡serían tan felices los dos!

Pero los años pasaban y la madre no parecía. Se había casado quizá; tal vez habría muerto . . . Y la tristeza nublaba de nuevo el cielo de sus ojos azules tan llenos de melancolía.

—Tú necesitas de una mujer que te ame, Alfredo. ¿Por qué no te cases?

—¡Casarse! Es verdad.—Él nunca había pensado en eso. Pero antes era necesario que encontrara a su madre.

—Debe tener a la fecha unos cuarenta años—añadía.— Cuando mi padre la conoció era todavía muy niña. ¡Cuánto debe haber sufrido la pobrecita! ¡Oh! Pero yo la encontraré al fin. No te parece que la encontraré?—Y sus ojos volvían a resplandecer de júbilo.

—Bah, ya lo creo que la encontrarás. El día menos pensado tropiezas con ella. Ya lo verás, querido, ya lo verás.

Entonces él me miraba como agradecido, lleno de infantil alegría.

—¡Oh! ¡Cómo sería feliz entonces!

* * * * *

Anoche, contra su costumbre, mi amigo apareció en mi cuarto ya muy tarde. Venía pálido y demudado; en mangas de camisa, como un loco; jadeante, siniestro. Entró sin decirme una palabra y se echó sobre mi cama, con la cabeza apretada contra la almohada, sollozando desesperadamente.

—La he encontrado; la he encontrado.

Presentí una tragedia íntima y traté de calmarlo.

—No seas chiquillo; cuéntame lo que te pasa y ya veremos de remediar tu mal. ¡Qué diablo! ¿Dónde está esa fortaleza de espíritu, querido amigo?

Después de un largo rato, se serenó y me contó lo que le acababa de ocurrir. Había cenado tarde; estaba triste y bebió mucho; bebió desesperadamente. Después . . . sintió que la cabeza le pesaba demasiado, quiso respirar libremente y salió a la calle a tomar aire, a caminar.

Hacía ya tiempo que andaba así, vagando sin rumbo, completamente al azar, cuando de pronto se encontró sin saber como, en medio de un barrio de lupanares.

¡Cómo era repugnante aquello! Mujeres, rufianes y soldados, todos borrachos, llenaban las hediondas tabernas, y bebían y cantaban en medio de aquella atmósfera de vicio y de podredumbre, haciendo alarde de palabras gruesas y de ademanes obscenos, de una lascivia nauseabunda. Él sintió una profunda repugnancia ante todo aquello. El alcohol obraba dentro de su cabeza de una manera especial, señalando los detalles, aumentando la intensidad de las sensaciones desagradables. Quiso salir de allí cuanto antes y apuró el paso. Corrió. De pronto, oyó que le llamaban y se detuvo. Estaba frente a la ventana de un prostíbulo.

—Ven, mi rico, ven; entra, querido.—Una mujer le hablaba sacando la cabeza por la ventanilla. Comenzó a observarla. No era joven ni hermosa, pero había en el rostro de aquella prostituta un algo extraño, así como los vestigios de una expresión de pureza que el vicio aun no había acabado de destruir. Se sintió misteriosamente atraído, entró y gozó de las caricias de aquella mujer.

—Yo noté que ella me miraba fijamente, muy fijamente,—me dijo mi amigo.—Entonces le pregunté: "Por qué me miras así?"

—"Es que me recuerdas a mi primer amante. Era así, rubio, y tenía los ojos azules como tú."

—Quedamos en silencio. Ella seguía mirándome. "¿Qué edad tienes?"

—Aquello empezaba a incomodarme. Hube de responderle con una grosería, pero no pude. "Veintidós años" repliqué ásperamente. Y me empecé a vestir.

—"¡Veintidós años! ¡Veintidós años!"—murmuraba ella . . . Y después de vacilar mucho, se decidió a interrogarme otra vez, así, entre interesada y medrosa: "Díme . . . ¿cómo de llamas?" "¿Cómo me llamo? ¿Y para qué quieres saberlo? Me llamo Alfredo Méndez. ¿Por qué?"

Abrió los ojos desmesuradamente y dejó escapar una pregunta que concluyó de exasperarme.

"¿Tú madre . . . la conociste?" La indignación concluyó con mi paciencia. ¡Miserable! Aquella miserable prostituta, aquella ramera vil, acababa de profanar en un prostíbulo la memoria de mi madre. La rabia y el alcohol hicieron lo demás. Me abalancé sobre aquella mujer y la abofeté, la golpé furiosamente. Fue obra de un instante. Ella no intentó defenderse. Yo me sentí desarmado y comprendí toda la vileza de mi acción. La pedí disculpas, le rogué que me perdonara. Ella no me respondió, pero me miraba tiernamente y al cabo de un instante volvió a preguntarme:

"¿Y tu padre . . . díme, ¿tu padre también se llamaba como tú?"

Sentí como si el mundo se desplomara sobre mi corazón. "Sí, mi padre también se llamaba como yo. ¿Por qué me lo preguntas, dí, habla, por qué me lo preguntas?" Y comencé a sacudirla violentamente. "Habla, dí, ¿por qué me lo preguntas?"

Ella había quedado helada de espanto; me miraba con los ojos muy abiertos, sin acertar a pronunciar una palabra.

Luego se tapó la cara con la sábana y comenzó a sollozar ahogadamente.

—Es horrible! Es horrible!

Permanecí parado como un idiota, sin acertar a dar un paso, sin acertar a decir una palabra. Luego, como dominado por una repentina locura, le descubrí el rostro violentamente y comencé a sacudirla de nuevo, a estrujarla contra la cama, rugiendo, desesperada-mente.

"No, miserable, no. ¡Tú no eres ella! ¡Tú no eres ella!"

* * * * *

Mi amigo no dijo más. Volvió a apretar la cara contra la almohada y comenzó de nuevo a sollozar. Yo ni siquiera intenté consolarlo. ¿Para qué?

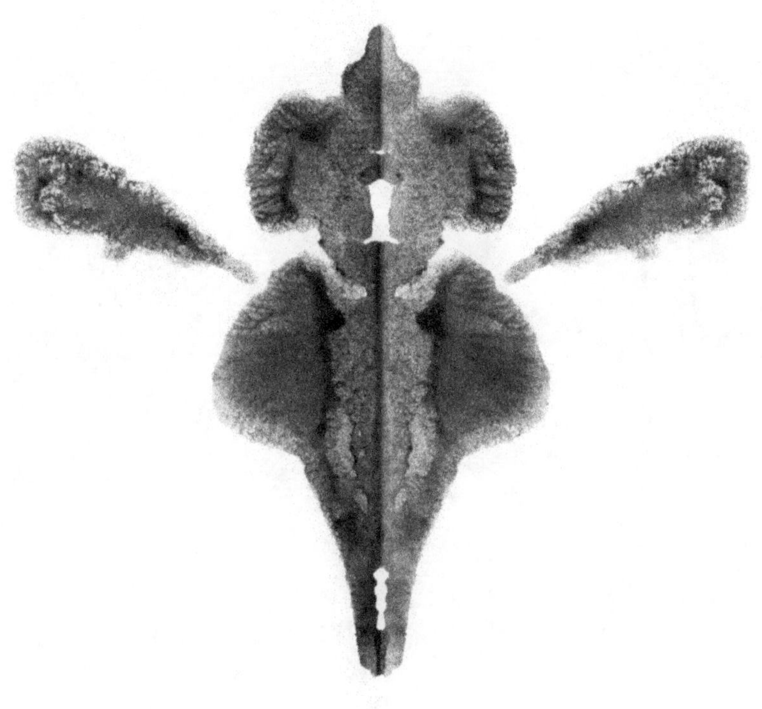

Sugestión

—Sí, no hay güelta—murmuraba entre dientes el infeliz paisano—la morena Conseción se ha equivocao. Trinidá me quiere, ella me lo ha dicho; me lo ha jurao lloriqueando el día de la partida . . . Cha, digo—clamaba luego como invadido de nuevo por amargo excepticismo—. Ya, lo decía el agüelo: si lágrimas de mujer . . .

Y el pro y el contra se revolvían en su imaginación calenturienta, mientras desfilaba por ella, lentamente, la larga caravana de los recuerdos.

—No puede ser, no puede ser; la morena Conseción se ha equivocao.—Y enseguida comenzaba a sonar en sus oídos la voz chillona de la negra "tata diosa", siempre pronta a graznarse sus desesperanzas, siempre pronta a reírse de sus ingenuidades de gurí.

Y la morena no podía equivocarse; ella sabía evocar los espíritus e interrogar los destinos y leer en las rayas de la palma de la mano las sentencias irrevocables de la fatalidad. Ella le había anunciado la muerte a Don Pancho, aquel hacendado de la Palmera que murió a los dos meses justos, asesinado en la encrucijada, al salir de la pulpería del gringo Meneguina; ella sabía cuándo iba a haber seca y cuándo la langosta se venía y cuándo la guerra estaba por reventar. Ella había curado al indiecito, el hijo de aquel vecino de "los dos caminos"; que se moría del "mal bichoso"; ella le había quitado el embrujamiento a la puestera de Los Talas y ella sabía fabricar aquel ungüento maravilloso que hacía cerrar las herridas y curaba el mal de ojo.

No; la morena "tata diosa" no se podía equivocar. ¿Pero sería posible que lo olvidara Trinidad, la "gurisita" aquella que se había criado junto con él, que con él había correteado por los campos y con él había saboreado los "primeros camoatices" cuando niña y con él había gustado de los primeros besos cuando mujer?

¿Y por qué no podía equivocarse la morena Conseción?

Y entonces se desbordaban los recuerdos y se sentía invadido por la dulzura inefable de los primeros idilios.

Habían crecido juntos y se habían dicho que se amaban desde que tuvieron bastante razón para comprenderlo.

Desde que eran niños habían jugado a ser novios como las personas mayores, y desde que eran mayores habían seguido siendo tiernamente ingenuos como los niños.

¡Cómo se habían querido, y cómo habían sido felices todo aquel tiempo! Después . . . La frente del infeliz se agrietaba siempre ante aquel "después".

Un día, el viejo se había sentido enfermo y había resuelto abandonar las tareas del campo arrendando la estancia y retirándosea a vivir tranquilamente a la ciudad. Él estaba viejo y además la niña era ya moza, ¡qué diablo! Y él era rico y debía pensar en educarla, en hacerla rozar con la gente, que toda la vida no iba ella a seguir bestializándose en el campo ...

Y la separación vino, después de muchas lágrimas y muchos besos, y muchas lágrimas y muchos juramentos, y en la ausencia habían seguido queriéndose como hasta entonces. Él la adoraba como nunca y ella lo amaba cada vez más; así se lo juraba en sus cartas, en aquellas cartas rebosantes de ternura en las que él veía reflejarse su alma, como se reflejaba otrora en las aguas del arroyo su carita de muñeca. Ella era una obsesión. Las horas de trabajo rudo, de peligros, de desengaños, todo, todo, lo curaba el bálsamo maravilloso de aquel "te amo siempre", traído indefectiblemente por esas mensajeras de ternura, por esos papelitos blancos garabateados malamente, en los que siempre se notaban aún frescas las huellas de sus lágrimas.

Desde hacía ya un mes, las cartas faltaban abrumadoramente. Hacía ya un mes que la diligencia pasaba, todos los días sin detenerse, por junto a la tranquera, sin traerle otra cosaque las bromas pesadamente burlonas del maldito mayoral.

¿Qué le habría ocurrido a su Trinidad? ¿Se habría ausentado del pueblo? ¿Estaría enferma, quizá? Y aunque mil y mil veces se torturó el cerebro, buscando la causa de tamaña anomalía, jamás se le había ocurrido pensar eso ... que hubiera podido olvidarle su adorada Trinidad.

Aquel día, cuando la diligencia había aparecido allá a lo

lejos, como una esperanza que nace, y se había acercado tan lentamente, cuando pasó, sin deternerse y cuando se alejó tan de prisa, perdiéndose entre el polvo del camino como una esperanza que se desvanece, el infeliz creyó morir.

Un caos de ideas se agolpó en su mente y sintió dentro del corazón toda una conjuración de fatídicos augurios; desesperado, loco, sin casi darse cuenta de lo que hacía, saltó sobre el overo y galopó seis leguas y fue al fin a apearse, casi sin saber cómo, frente al puesto de la Morena Concepción, la adivina de más menta en todo el pago de Las Chircas.

* * * * *

Salió de allí con la cabeza ardiendo y el corazón destrozado. La negra bruja, después de mil rodeos y mil pantominas de frailuna aparatosidad, había evocado los espíritus de por el pago, y se resolvió a hablarle claro, diciéndole más o menos:

—Mire, paisano, no se desespere, que al más gaucho lo basurea un sotreta, y al paisano más ladino lo deja un zorro de a pie. Le prenda lo engaña, lo ha olvidao; pero eso no es lo pior, qu'es cosa que se saben hasta los gurises, que menos falsa que corazón de hembra son las baratijas que comercean los turcos. Lo pior es lo que leo en el porvenir.

Algo hay ahí que me dice que a media noche, cuando las brujas salgan de sus aujeros y anden las ánimas en pena, rejosilando por los aires, el paisano enamorao y flojerón, incapaz de aguantarle una pechada al mancarrón de la suerte, v'a dirle a pedir por favor a una vieja escupidora, que me lo lleve enancao camino del campo-santo.

* * * * *

Y allí estaba él, como clavado en una silla, revolviendo desesperadamente todos sus recuerdos frente a la mesa de pino, donde dormía en su letargo de dos décadas un viejo trabuco naranjero de aquellos de cargar por la boca, que tenía un "pato" con la muerte, según el decir del viejo abuelo, en cuyas manos juveniles había andado en otras épocas él, hoy casi inservible, armatoste, actuando como factor decisivo en infinidad de casos sorprendentes de dudosa verosimilitud.

Y la superstición pesaba sobre su cabeza, mientras el pro y el contra se revolvían en su cerebro, y daba las últimas braceadas alrededor de aquella obsesión fatal, como describe el pájaro fascinado los últimos círculos enrededor de la boca de la serpiente.

El chirrido agudo de una lechuza que graznó sobre la parva, vino a sacarle de su ensimismamiento; las doce marcaba el averiado despertador que también heredara del abuelo. Aquello era fatal. La morena Conseción no podía equivocarse nunca. Tenía que suceder.

Como dominada por una fuerza sobrenatural, la mano crispada se posó sobre la pistola, maquinalmente elevóla hasta la sien, comprimió el gatillo y esperó la muerte como un héroe . . . pero la muerte no vino; indudablemente la pistola estaba descargada.

Largo rato aún quedó en suspenso el paisano, oprimiendo con su mano crispada la pistola aquella; bajóla lentamente, la miró un instante entre burlón y despechado, arrojóla luego desdeñosamente y se desplomó sobre la vieja "catrera", más convencido que nunca del amor de su adorada Trinidad.

www.theclaptonpress. com